El último café de la tarde

EL ÚLTIMO CAFÉ
DE LA TARDE

Diego Galdino

Traducción de Martín Schifino

Papel certificado por el Forest Stewardship Council®

Título original: *L'ultimo caffè della sera*

Primera edición: febrero de 2022

© 2018, Mondadori Libri S.p.A., Milano
© 2018, Diego Galdino
Esta obra está representada por The Agency srl
© 2022, Penguin Random House Grupo Editorial, S. A. U.
Travessera de Gràcia, 47-49. 08021 Barcelona
© 2022, Martín Schifino, por la traducción

Printed in Spain – Impreso en España

ISBN: 978-84-666-7009-8
Depósito legal: B-18.905-2021

Compuesto en Llibresimes, S. L.

Impreso en Black Print CPI Ibérica
Sant Andreu de la Barca (Barcelona)

BS 7 0 0 9 8

Dedicado a Lino Germani, al Lino Bar,
a quien olvida y todo lo borra
y a quien no olvida y nos entrega el corazón,
y a los dos enamorados sin quienes esta historia
nunca se habría escrito...

Índice

1

L'eco der core*

42 HORIZONTAL: la princesa más querida por los esquiadores. Tras redactar la última definición, Geneviève le dio un sorbo a su té negro con rosas y se quedó mirando el crucigrama terminado.

Se lo habían encargado para un programa con niños de la escuela primaria, así que se le había ocurrido un crucigrama temático, un compendio de las mejores ideas inspiradas en Disney.

Al mirar el papel imaginó las sonrisas de los niños, que se divertirían resolviéndolo, y quizá también las de los adultos, que en el fondo siempre buscan una excusa para volver a la infancia.

Ahora solo tenía que ponerlo en un archivo y enviarlo a la redacción. Había intentado crear los crucigramas directa-

---

* «El eco del corazón», canción de Oberdan Petrini y Romolo Balzani. Los títulos de los capítulos remiten a canciones romanas escritas en el dialecto de la ciudad. Se han dejado los títulos en el idioma original, con la traducción en una nota a pie de página, para quien quiera buscarlas. *(N. del T.)*

mente en el ordenador, pero no era lo mismo: le gustaba demasiado ver cómo los pequeños mundos cobraban forma bajo su pluma; siempre se enorgullecía de su capacidad para reproducir a mano las casillas que suelen verse impresas en las revistas.

Hacerlo a mano le recordaba la época en que había comenzado a cultivar esa pasión con lápiz, regla y una enciclopedia cerca, una pasión que más tarde se convirtió en su oficio.

Geneviève se miró en el espejo que colgaba encima de su escritorio. Se alegraba de haberlo puesto en la pared: además de duplicar la vista de los tejados que tenía detrás, la ayudaba a sentirse menos sola mientras se devanaba los sesos en pos de definiciones e intersecciones. De vez en cuando se miraba, y era como si una persona más adulta y distante la observara con cariño e indulgencia desde quién sabía dónde. Tal vez fuese Mel, que seguía viviendo un poco en ella.

Se enroscó un mechón de sus rizos claros con un dedo y se levantó.

El piso donde vivía era el mismo ático pequeño que había alquilado al salir del orfanato de Saint-Germain. Desde entonces había pasado mucho tiempo, y ahora el piso era suyo, gracias a una hipoteca que había obtenido hacía unos años.

Mientras esperaba que el agua hirviese en la tetera, Geneviève echó un vistazo a su alrededor. Tal vez solo ella supiera cuán hondos eran los pequeños cambios que había causado en su casa la época romana: el sofá, las sillas, algunas pinturas y la foto ampliada del bar Tiberi visto desde fuera, con su letrero y su escaparate. Parecía uno de los muchos cafés que hay en el mundo, pero para ella era el mundo en sí, porque allí, gracias a algunas personas y al amor, había tenido el valor de abrirse y había comprendido que los demás no eran una amenaza sino una riqueza. En pocas palabras, podía decirse con seguridad que detrás de aquel escaparate había renacido, y que la diferencia entre su existencia anterior y su vida nueva era la presencia del amor por dentro, el extraño sentimiento que siempre había temido y que Massimo había sabido enseñarle en poquísimo tiempo.

Cuando terminó de preparar el té negro con rosas, lo vertió lentamente en un termo, que luego guardó en el bolso.

Recordaba como si fuese ayer la mañana que le había cambiado la vida, trastocando su equilibrio y haciendo caer sus defensas.

Aquel día había hallado en su buzón un aviso color verde de una carta certificada. En correos la había atendido distraídamente un empleado perezoso absorto en una revista de acertijos. En general, Geneviève era severa con los holgazanes, pero había sonreído al darse cuenta de que el hombre estaba resolviendo uno de los crucigramas creados por ella. Le había tentado darse a conocer, pero era demasiado tímida y la apremiaba abrir la misteriosa carta. Había barajado varias hipótesis, a cuál más catastrófica. Como no tenía coche, no podía tratarse de una simple multa de aparcamiento: tenía que ser algo peor. Pero al cabo se había descubierto propietaria de un apartamento en el barrio del Trastevere, en una ciudad de la que solo tenía noticia por su fama y que no sentía deseos de conocer, una ciudad hermosa pero caótica, ruidosa e impertinente, o al menos así la imaginaba, y que la atraía muy poco en aquel momento. Acababa de heredar la vivienda de una pariente de la que nunca había oído hablar, y no era difícil equivocarse porque sus familiares se contaban con un solo dedo.

El notario le rogaba que se personase en su despacho de Roma a fin de llevar a cabo los trámites pertinentes y de que tomara posesión del mencionado inmueble.

Había releído la carta dos o tres veces, sin saber si sorprenderse más por la herencia que acababa de recibir o por el descubrimiento de que tenía una pariente lejana que vivía (hasta hacía unos días) en Italia. En aquel momento había alzado espontáneamente los ojos al cielo y le había preguntado en voz alta al espíritu de esa señora: «Pero ¿dónde estabas hace veinticinco años?».

Cuando llegó al cementerio, Geneviève llenó el jarrón con agua limpia para las anémonas que había comprado en el puesto de la entrada y se dirigió a la tumba de su hermana Mel.

Puso las flores de modo que los pétalos rozasen la fotografía.

A Mel le encantaban las plantas; cuando eran niñas, siempre le decía que un día abrirían un vivero juntas. Geneviève habría tenido que echar una mano con las entregas, al volante de una furgoneta amarilla, sí, amarilla como el girasol, su flor preferida.

La noche pasada había llovido con ganas, y las salpicaduras de agua y tierra habían manchado la lápida color marfil y dejado dos bigotes de barro en la cara de Mel.

Geneviève le sonrió a la foto mientras le pasaba una esponjita.

Su mente se remontó a la época en que, sentadas bajo la lluvia, se limpiaban mutuamente la cara embarrada.

Sacó el termo del bolso y se bebió la infusión a sorbitos. «Me quedó muy bien, ¿sabes? Te habría gustado mucho.»

Al tocar la cara de Mel le pareció retroceder en el tiempo y reflejarse en su mirada dulce.

Luego se llevó una mano a la boca, se besó los dedos y posó el beso en la foto de Mel, con una caricia final.

Sobre el cementerio de Père-Lachaise empezó a caer una llovizna espesa; Geneviève se levantó la capucha, miró la cara sonriente de su hermana y, tras echar un vistazo a su alrededor para asegurarse de que nadie la observaba, dijo en un ligero susurro:

—Te quiero, Mel. Nos vemos pronto.

Sus lágrimas se mezclaron con las gotas de lluvia. Aspiró por la nariz un par de veces y se limpió los ojos con la manga de la sudadera, pero solo consiguió mojarse aún más la cara.

—Bueno, ahora me despido. Ya me voy. Te echo muchísimo de menos. Como siempre.

Geneviève se alejó a paso lento hacia la salida, volviéndose un par de veces para despedirse nuevamente de Mel.

2

Cento campane*

Solo *a posteriori* Massimo pudo reconstruir la diabólica estrategia que había desplegado Dario para levantar una cortina de humo y evitar que nadie presintiese nada.

Como en todos los planes que se ejecutan bien, había aprovechado con naturalidad los imprevistos para transformarlos en aliados inadvertidos que quedaban por encima de toda sospecha.

En ese sentido, la obra maestra fue la contratación de Marcello, cuya modalidad absurda Massimo no consiguió explicarse hasta más tarde. Cierto era que Dario llevaba años expresando el deseo de encontrar a alguien que lo reemplazase detrás de la barra, pero eso parecía más que nada una costumbre de bromista, aun cuando la repitiese cada vez con mayor frecuencia. Pero su desplante de aquel día había dejado de piedra a todo el bar, incluido el mobiliario.

Una mañana como cualquier otra entró en el bar Tiberi

* «Cien campanas», canción de Fiorenzo Fiorentini.

— 16 —

un tal Marcello, ilustre desconocido sin siquiera un café asociado a su nombre, y sin preámbulos ni presentaciones preguntó:

—¿Qué hay? ¿Os hace falta un fontanero?

Vaya por delante que, en opinión del bar Tiberi, solo existía un fontanero en el mundo, Antonio, y que, por lo general, si él no estaba disponible, te quedabas con el grifo roto y hacías de necesidad virtud hasta su llegada.

Pero a veces los astros se alinean en el momento justo para divertirse con la vida de los humanos, y, cuando apareció Marcello, daba la casualidad de que Antonio, el fontanero, había sorprendido a todo el mundo una semana antes diciendo que quería retirarse a Cerveteri, donde vivía su hermano Gino desde hacía unos años. La frase que había hecho que toda la clientela del bar girara de golpe la cabeza, y que se había considerado de inmediato una de las cinco mayores tonterías jamás dichas en el bar Tiberi, había sido la siguiente:

—¡Ya está, lo he decidido, me jubilo!

Pues bien, no tardaron en aclararle que jubilarse no era solo una cuestión de edad, sino que se necesitaba haber trabajado para adquirir los derechos correspondientes, y él los dejó boquiabiertos al sacar del bolsillo de su cazadora unos documentos que atestiguaban que era merecedor de una pensión, pues había ingresado las contribuciones debidas con puntualidad. Tal vez con el dinero que se había ahorrado gorroneando el café durante décadas, fue el pensamiento que serpenteó con maldad entre los presentes.

En pocas palabras, Marcello apareció en el momento justo, como un predestinado. No quedaba claro qué papel pensaban darle los dioses del Olimpo, pero sin duda tenían algo en mente.

Era un muchacho guapo, alto, de ojos azules, enjuto, simpático, bien dispuesto, serio, loco (aunque estas cosas se irían descubriendo mejor con el correr del tiempo).

Todos le echaron una mirada rara, porque la desenvoltura con que había formulado la pregunta dejaba entrever que le parecía normal.

Fue Tonino, el mecánico, quien rompió el hielo, por así decirlo, porque para crear incomodidad en el bar Tiberi hacía falta algo más que una pregunta extraña.

—¡Caramba! Y yo que pensaba que al fontanero se lo llamaba en caso de necesidad.

—Menudo error —respondió Massimo—. Al fontanero siempre hay que tenerlo cerca, porque pongamos que se rompe una tubería, hasta que se llama a alguien se inunda el local, ¿no? Por eso contrataban con frecuencia a Antonio.

Marcello miró a Tonino con los ojos como platos, como diciendo: «Pues ya ves».

Pero no eran solo el lugar y el momento justos. Dado que para cualquier empresa se precisa un valedor, Marcello encontró sin saberlo también al valedor ideal al otro lado de la barra. En efecto, Dario, después de mirarlo de los pies a la cabeza unos segundos, tomó una decisión aciaga, con la ligereza que requieren los giros extraordinarios, que de lo contrario, por falta de valor, nunca se producirían. Lo cierto es que Dario interpretó al vuelo las señales de los arúspices y eligió sin más a su sucesor.

—¿Sabes usar la máquina de café?

Tal vez, aun si Marcello hubiera respondido de otra manera, Dario lo habría nombrado su heredero, porque era un hombre que vivía de las sensaciones y, si bien las más de las veces estas resultaban erradas, lo importante era quitárselas de la cabeza.

Pero, por fortuna, Marcello sacó a todos de dudas al responder que, en la mili, se había encargado él solito de la barra en el comedor del cuartel, que se había quedado brevemente sin empleados justo por la época en que él inició el servicio.

Lo que sucedió a continuación quedó grabado en la mente de Massimo y los clientes del bar Tiberi como uno de los momentos inolvidables de la historia del Trastevere. Dario se quitó el delantal y el corbatín negro y se los entregó a Marcello, diciendo:

—Fontanero no necesitamos, necesitamos un camarero.

Luego, con solemnidad, salió de detrás de la barra y se dirigió a la puerta, pronunciando unas palabras que, en retrospectiva, adquirieron un peso específico y una claridad que ese día nadie fue capaz de comprender plenamente.

—Me voy a casa, estoy cansado. Nos vemos mañana.

La investidura de Dario valía más que un contrato indefinido, de modo que Massimo no pudo hacer más que tomar constancia de ello sin pestañear. Claro, al principio la convivencia no fue fácil, porque en el trabajo Massimo siempre había sido un tipo meticuloso, preciso, educado, el famoso don perfecto, mientras que Marcello era más amargo que el café, tuteaba a cualquiera (incluso a las ancianas desconocidas), no soportaba la formalidad y, si los pedidos no le convencían por algo, manifestaba su disconformidad abriendo mucho los ojos azules, como diciendo: «¿Estás loco?».

En fin, el camarero Marcello era como una versión del estribillo romano: *«Ma che ce frega, ma che ce 'mporta»,*[*] solo que, en vez de ponerle agua al vino, con las prisas llenaba solo a medias el filtro y siempre calentaba la misma leche, arriesgándose a transformar el capuchino en una especie de laxante potenciado y el bar en una clínica experimental para bajar de peso con el «método Marcello».

Hubo días en que Massimo maldijo a Dario por haber hecho una entrevista de trabajo y firmado un contrato al mismo tiempo.

Por si fuera poco, en contra de su costumbre, el diablo metió la cabeza y además el rabo, así que ni siquiera pudo plantearse la posibilidad de un despido inmediato porque, una tarde en que Massimo se echaba su acostumbrada siesta zen de diez minutos en el almacén, Cupido disparó una flecha al corazón de la nueva cajera del bar Tiberi, su hermana Carlotta, la cual, después de divorciarse de su marido y dejarlo en Canadá casado con su trabajo, había regresado a su tierra, convencida de que el hombre de su vida la esperaba allí mismo. Así pues, al instante comenzó a mirar a Marcello con otros ojos o, mejor dicho, con el corazoncito.

Los dos se habían enamorado perdidamente media jornada después, y Massimo se encontró no solo con un camarero limitado, sino también con un cuñado loco al que no podía despedir ni muerto, con o sin un buen motivo.

* «Pero qué más da, qué importa», estribillo de la canción popular anónima «La società dei magnaccioni» («La sociedad de los sibaritas»). *(N. del T.)*

Entretanto, el viejo Dario, bien calladito, se había dado a la fuga dejando que la vida cotidiana, con el gran apoyo de los continuos desastres de Marcello, desdibujara los contornos de su partida. Por supuesto, Massimo había insistido en dar una fiesta en su honor, pero obviamente Dario se había burlado, porque no quería ser el centro de atención y porque a su entender nada había cambiado, en fin, ¡no tenía pensado irse al otro lado del mundo! Como decía siempre, ese era el mayor problema de cualquier romano: ya estás en el sitio más hermoso que hay, ¿cómo van a entrarte ganas de explorar otros? Y él siempre había aplicado ese principio a rajatabla, evitando en la medida de lo posible alejarse siquiera del Trastevere. En fin, para resumir, Dario no había desaparecido de repente, sino que había ido espaciando sus visitas al bar, y también en esas ocasiones un ojo atento habría notado que cargaba con una sombra, a pesar del aparente buen humor, que no podía faltar en un viejo héroe como él.

Massimo había captado algunas señales y, al recapacitar, no se perdonaba no haber pedido más explicaciones, no haber insistido, si bien en el fondo los hombres están acostumbrados a respetar el círculo mágico de quien no quiere hablar. Al cabo, atribuyó todas las rarezas al hecho de que dejar el bar había sido para Dario un pequeño trauma y necesitaba tiempo para adaptarse.

Después se había impuesto la rutina de cada día, Massimo se había dedicado en cuerpo y alma a ayudar a su nuevo ayudante y había dejado de pensar en Dario por un tiempo, excepto cuando este hacía alguna llamada (corta, porque a Dario no le gustaba hablar por teléfono) o alguna visita rápida.

3

Te c'hanno mai mannato a quer paese[*]

Y helos aquí, formados como en los viejos tiempos, sin deserciones ni excusas de último momento. Solo faltaría, habría dicho Dario. Pero él ya no podía hablar, y dado que su espíritu por supuesto no estaba encerrado en aquella lustrosa caja de caoba, probablemente estudiaba al grupo y se reía del traje de franela a rayas de Antonio, el fontanero, que para la ocasión también se había puesto una corbata púrpura que era un puñetazo en el ojo («Gracias por el esfuerzo, pero nos falta un poco», habría dicho Dario con media sonrisa).

A esas alturas, la única manera de encontrarlos bien vestidos era en los funerales.

Seamos sinceros: Dario se habría desilusionado un poco al verlos tan cabizbajos; le habría gustado que hubiese más sonrisas, si no una farra de las buenas. Pero su desaparición los había cogido tan por sorpresa que todos tenían un aire incluso más desorientado que triste, como si en el fondo no

---

[*] «¿Alguna vez te han mandado a ese pueblo?», canción de Franco Migliacci y Claudio Mattone.

se lo creyesen y esperasen verlo salir de un salto en cualquier momento, diciendo que era una broma, pero de las que surten tal efecto que se recuerdan toda la vida.

Tonino, el mecánico, casi perdido en una chaqueta a cuadros que le iba dos tallas grande y era demasiado llamativa para la ocasión, estaba intranquilo; no paraba de sacudir la cabeza y repetir la pregunta a la que nadie podía responder:

—Pero ¿por qué no nos dijo nada?

Porque, claro, Dario lo sabía desde hacía meses, pero los superhéroes no quieren mostrarse débiles e indefensos como el resto de los mortales, ni quieren aburrirlos con la inevitable y triste ruina de sus últimos días. De hecho, las misteriosas visitas al urólogo se habían vuelto tan frecuentes que para los parroquianos del bar el médico se había convertido en «el novio de Dario».

Ante comentarios jocosos como: «Pero ¿qué pasa, os habéis enamorado a vuestra edad?», otros más materialistas como: «Y ahora que estáis juntos, ¿te sigue cobrando lo mismo?», los subidos de tono como: «Seguro que la revisión te la hace sin manos», Dario siempre esbozaba una sonrisa tranquila, de las que buscan decirlo todo sin decir nada. Repetía que tenía una molesta infección en el tracto urinario que no lo dejaba en paz. Y todos le habían creído.

En realidad, el cáncer de próstata se hallaba en un estadio muy avanzado, y lo peor era que había producido metástasis muy dañinas en todo el organismo. No había nada que hacer. Así pues, Dario se empeñó en dejar las cosas en orden para que el mundo no se desmoronara con él, e hizo de necesidad virtud, invistiendo a Marcello su sucesor con una confianza ilimitada, porque en aquel muchacho había visto algo. Y no habló con nadie de su enfermedad.

Massimo, que recordaba como si fuera ayer el funeral de la señora Maria, también ahora desempeñó el papel de viuda, es decir, la persona que recibe las miradas, los saludos y las atenciones por estar más directamente ligada que los demás al querido difunto. Había quien lo besaba o se limitaba a darle una palmadita en el hombro, y después estaban los que elegían con torpeza unas palabras que nunca parecían adecuadas... Massimo intentaba empaparse de ese sincero afecto, pero estaba tan perdido que no entendía nada. Se sentía en falta porque ni siquiera él se había dado cuenta.

Después, el silencio y las miradas le hicieron comprender que era hora de tomar la palabra.

—Disculpad. Nunca estamos listos para la muerte de un amigo, menos en este caso. Como sabéis, Dario fue un padre para mí y sobre eso no tengo mucho que añadir, porque algunos sentimientos son como un iceberg, que tiene una parte visible de cierto tamaño, pero otra muchísimo más grande que permanece oculta bajo la superficie. Dario fue para todos nosotros, sin excepción, una certeza, un punto de referencia, un refugio en los momentos de desánimo. ¿Quién no ha superado al menos un problema gracias a sus perlas de sabiduría? —Massimo sonrió a sus amigos, que lo escuchaban—. O, si no resolvíamos el problema, ¡al menos nos reíamos un poco! Dario fue todo eso y mucho más: fue la columna que sostenía nuestra vida. Y con un acto de extrema dignidad que a lo mejor nos cuesta entender, pero que tenemos que respetar, decidió afrontar el final de sus días en una completa soledad. Prefirió sufrir en silencio para no perturbar de ninguna manera nuestra vida. Nosotros lo lamentamos, porque hubiéramos querido ayudarlo y acompañarlo, pero solo nos queda recordarlo en su mayor esplendor, sin duda como deseaba. El viejo Dario que no se arredra ante nada y con el que siempre se puede contar. Te voy a extrañar, viejo. ¡Que la tierra te sea leve!

Massimo se reunió con su hermana, que no paraba de llorar, y le entregó un pañuelito limpio a cambio del que ella tenía en la mano, empapado en lágrimas.

—Este nos lo quedamos de recuerdo.

Carlotta soltó una risita a medias, aspirando por la nariz, y luego se sonó ruidosamente con el nuevo pañuelo, que de inmediato quedó inservible.

—Me parece que necesito otro.

Massimo le dio todo el paquete, estiró los brazos y dejó que su hermana se hundiera en su pecho, sacudida por los sollozos.

Con gran esfuerzo y una pequeña batalla contra la burocracia, Massimo había logrado que los restos de Dario reposaran junto a los de la señora Maria, uniendo lo que la vida había separado.

Cuando todo terminó, antes de irse, se quedó solo frente a la lápida y con una sola y larga caricia se despidió de los dos.

Carlotta lo esperaba en el coche, mientras que Marcello ya se había ido a casa en su motocicleta, a la que ella se negaba a subir porque aún no estaba tan enamorada como para jugarse la vida.

Massimo y Carlotta salieron para volver al bar Tiberi, donde se habían dado cita con los demás para saludarse y brindar por la memoria de su viejo amigo, que por primera vez en su vida se había tomado unas vacaciones.

Él lo decía siempre: «¡Ya descansaré cuando me muera! Será el famoso descanso eterno».

4

La società dei magnaccioni*

«Por los que se fueron y los que se irán», había dicho Massimo con la copa bien levantada, haciendo que las manos de los presentes saltaran al unísono hacia las partes bajas.

En realidad, Massimo quería aludir al hecho de que, en el último año, muchos parroquianos del bar Tiberi —aunque quizá era mejor llamarlos la familia— se habían marchado en pos de una vida mejor, que no pasado a mejor vida como Darío, que con toda seguridad se había mudado al paraíso o cuando menos al purgatorio; más bien se habían alejado de Roma y, sobre todo, de su segunda casa, que era entonces la primera: el otro lado de la barra que Massimo presidía a diario. En efecto, Massimo estaba muy preocupado por el tema del cambio. Cuando hablaba de ello con quien fuera, oía que le respondían con el dicho romano: «Cambian los músicos, pero la música es siempre la misma», y sin duda era cierto, aunque no de gran consuelo.

---

* «La sociedad de los sibaritas», canción popular anónima.

Ahora que se habían reunido un momento por la partida de Dario, Massimo pasó revista. Tonino, el mecánico, era uno de los muchos que, por una razón u otra, había colgado la tacita en el clavo: se había despedido de todos y se había retirado a Ostia, donde había alquilado un pisito cerca de la casa de Rina, la florista.

También ella, después de vender su puesto de flores, había participado en la migración de los clientes del bar Tiberi y había decidido instalarse a poca distancia del mar.

En los últimos meses, de hecho, una sinusitis aguda le había impedido percibir el aroma de las flores, condición que le parecía insostenible en el desempeño de su trabajo.

Obviamente, las malas lenguas del Trastevere, instigadas por el último chisme del bueno de Pino, el peluquero, llegaron a la conclusión de que en Ostia entre los dos había cariño, y que lo había habido incluso antes sin que nadie se enterase.

En realidad, el cambio en la vida de Tonino, el mecánico, no se debía al amor, sino a la dura ley del mercado inmobiliario.

El propietario de su taller de siempre, al final del contrato, había llevado a Tonino aparte —él afirmaba que lo había llevado cogido por una parte muy precisa de su anatomía— y le había comunicado que iba a subirle sustancialmente el alquiler. Demasiada sustancia para Tonino. Después de cruzar opiniones poco amistosas, los dos se separaron para siempre con un clásico apretón de manos.

Y así, el taller de Tonino, uno de los negocios históricos del Trastevere, echó el cierre definitivo y dejó el lugar a un estanco regentado por un chino nacido en Roma que se llamaba Ale, pero que para todos había pasado a llamarse Ale Oh Oh (café americano), como un coro de estadio.

Por increíble que parezca, el joven chinorromano se integró de maravilla con los supervivientes del bar Tiberi y se convirtió para todos en el homólogo oriental de Tonino, el mecánico.

Alguien llegó a hipotetizar que se trataba del mismo Tonino disfrazado y que el cierre era solo una astuta idea que se le había ocurrido para cancelar su cuenta en el bar, un poco como esas tiendas que se declaran en quiebra para no pagar las deudas y más tarde abren de nuevo con otro nombre y otra actividad.

Pero las novedades exóticas no acabaron ahí. Otro extranjero entró en la *civis Tiberis*, un paquistaní que al llamarlo parecía como si quisieras asustar a alguien: Buh (café normal).

Buh era un hombre bueno, apacible y simpático, que había sido un profesor de matemáticas muy respetado en su país. Un día, por una historia larga e injusta, que para ser sinceros hay que decir que nadie del bar se había puesto a escuchar, tuvo que abandonar su lugar de nacimiento y su cátedra, y después de unas vicisitudes igualmente misteriosas recaló en la plaza de Santa Maria in Trastevere, justo al lado del bar Tiberi, donde abrió una tienda de ultramarinos como las del viejo Oeste, de esas en las que hay de todo, desde libros hasta clavos para colgar cuadros, pasando por frutas y demás alimentos.

Sin embargo, la mayor pérdida para el bar Tiberi fue la de Pino, el peluquero.

Las cotillas del barrio incluso convocaron una marcha de

protesta que nunca se realizó y que se redujo a un pequeño corro de cinco personas frente a la tienda del rey que había decidido abdicar.

El motivo de esa decisión fue la melancolía, la depresión que sufrió Pino, el peluquero, después de que sus mejores fuentes de información se agotasen por abandono. La sola idea de una vida sin Antonio el fontanero, Dario y Tonino el mecánico se le antojaba imposible, así que un buen día el peluquero cogió las tijeras, hizo las maletas y se marchó a Turín, a vivir en casa de su hija, una bella señora divorciada y madre de tres chicas, que no pudo creerse lo que se iba a ahorrar en el alisado del pelo de las mujeres de la familia.

Antes, Pino, el peluquero, quiso hacer un regalo de despedida al bar Tiberi, convocando a su sobrino Riccardo (café solo en vaso), al que había condenado al exilio años atrás, cuando lo había puesto a trabajar en una tiendita del Quartaccio después de que este se atreviese a hablar mal de una persona antes que él.

Y fue un verdadero regalo, porque, tras unos días de tratarlo asiduamente, todos los miembros de la familia del bar Tiberi se dieron cuenta de que Riccardo era la copia calcada de su tío, con cuarenta años menos.

5

Barcarolo romano*

A pesar de la cháchara continua de Marcello, bien coordinada con las cínicas intervenciones de Carlotta (una pareja con un potencial explosivo), por aquellos días Massimo buscaba a menudo el sentido de las cosas y no lo encontraba. Dario, maldita sea, le habría sugerido la clave con alguna de sus réplicas (quizá sin querer), pero ya no estaba, y también su desaparición formaba parte de los misterios que Massimo no lograba desentrañar.

Mientras rumiaba sus cosas detrás de la barra, recordó el famoso viaje a Cornualles, quizá porque en aquel momento su corazón había empezado a latir de otro modo.

Massimo había comprendido el amor tarde, y además no por experiencia directa, sino por el mérito —o la culpa— de una muchacha adorable que a su vez adoraba a Rosamunde Pilcher, una escritora inglesa que de historias de amor sabía un montón.

* «Barca romana», canción de Pio Pizzicaria y Romolo Balzani.

Un día, la chica le puso un libro en la mano y le dijo:

—Ten, esta es mi novela favorita, sé que a lo mejor es un género que les gusta más a las mujeres, pero estoy segura de que tú la apreciarás, porque tienes un alma sensible.

El título de la novela era *El regreso* y la chica tenía toda la razón: tanto lo conquistó aquel libro que, durante las semanas siguientes, Massimo leyó la obra completa de la autora. Su libro favorito era *Los buscadores de conchas*. Massimo descubrió que el mayor sueño de la chica era visitar los lugares maravillosos en los que Pilcher ambientaba sus historias, pero le era imposible hacerlo porque una grave dolencia física le impedía emprender viajes largos.

Cierto es que en aquella época Massimo aún sabía poco del amor, pero no lo es menos que entonces como ahora era un romántico sin remedio, convencido de que la pasión podía, e incluso debía, superar todas las dificultades.

Así pues, sin pensarlo dos veces, le propuso: «Iré en tu lugar y mis ojos serán los tuyos. Tomaré muchas fotos y te las enseñaré».

Pocos días después partió a Londres, con la venia de su familia y la promesa de una camisa de fuerza a su regreso. Fue el viaje más disparatado de su vida y aún entonces, al recordarlo, le costaba creer que de verdad lo hubiese hecho.

Dos horas en avión, seis horas en tren para cruzar Cornualles, una hora en autobús hasta llegar a Penzance, uno de los últimos pueblos de Inglaterra, y luego los míticos acantilados de Land's End.

Tomar decenas de fotos del mar, el cielo, los acantilados verdes, el musgo en las rocas, el viento y el atardecer, para coger el tren al amanecer del día siguiente y hacer el viaje de vuelta con la gente de todos los pueblos de Inglaterra que iba a trabajar a Londres.

Un solo día, pero uno de esos que te cambian la vida.

De vuelta en Roma, Massimo le entregó a aquella dulce muchacha sus ojos, recuerdos y emociones según lo prometido, y quizá le habría entregado su corazón si ella no se hubiera mudado con su familia a otra ciudad debido a sus problemas de salud. Nunca volvieron a verse, pero fue ella quien le inspiró aquel viaje. Y, a fin de cuentas, todo cuanto le sucedió después se remontaba a la chispa que ella había encendido en su interior.

Sí, tal vez era culpa suya que, años después, Geneviève hubiera caído en el bar Tiberi como el copo de nieve más duro y afilado de la historia y le hubiera mostrado con un crudo realismo lo oneroso y honroso que era el amor, el amor verdadero y sin concesiones. No era que Geneviève fuese una experta en el amor; a decir verdad, en términos de comprensión y dominio de la materia, estaba mucho menos preparada que él, pero sin duda era un fenómeno natural capaz de cambiar la configuración de las tierras conocidas por los sentimientos que Massimo había visitado hasta entonces.

A pesar de todo, había pasado el tiempo. Poco a poco habían transcurrido ya casi dos años desde que Geneviève regresara a París. Y es que su fantástica declaración de amor, que había concluido con la pregunta: «¿Te apetece?», había encontrado una respuesta definitiva, que no era la que ningún coleccionista de historias de amor hubiese querido oír. ¡No le apetecía!

En resumen, lo habían intentado con el entusiasmo propio de un amor único y les parecía imposible que pudiese acabar mal.

Sin embargo, un buen día (por así decirlo), la francesita con la que todos los habitantes del Trastevere se habían encariñado, empezando por los fieles del bar Tiberi, con su dueño a la cabeza, se había despedido de ellos y había regresado a París.

Se lo había dicho a Massimo una noche entre lágrimas. No lograba estar lejos de París. Roma era hermosa, estupenda, increíble, una ciudad alocada y única en el mundo, pero no era su hogar.

Poco a poco, en lugar de acostumbrarse y sentirse cada vez más a gusto, había echado a andar casi sin darse cuenta en la dirección opuesta, desarrollando una aversión al principio ligera, luego cada vez más acusada y al cabo insoportable. En París nunca se había hallado del todo bien, pero era la ciudad donde ella y su hermana habían nacido y vivido, donde habían amado juntas y, sobre todo, donde ella le había prometido que no iría a ninguna parte sola.

El terremoto emocional que vivía la mujer a la que amaba desorientó a Massimo, pero lo que más lo sorprendió fue no haberse dado cuenta de aquel conflicto interior.

Siempre había creído que dos personas que se aman tienen que saber mirarse de verdad y, sin decirse nada, comprenderlo todo con una simple mirada. Se sintió culpable, como si él también hubiera faltado a un juramento solemne.

Tanto fue así que no luchó, no intentó convencerla de que se quedase, como si no tuviera derecho a hacerlo debido a sus faltas.

La dejó ir y no solo eso: la acompañó al aeropuerto y se la quedó mirando cruzar los controles de seguridad, solo con una mano levantada a modo de saludo.

Siguieron viéndose unos meses, lo que dio inicio a una de esas relaciones a distancia que al principio todo el mundo está convencido de poder manejar.

Sin embargo, pronto se dieron cuenta de que la lejanía no era como el viento: los separaban 1.421 kilómetros, y los dos necesitaban vivir un amor con los cinco sentidos, veinticuatro horas al día. Necesitaban mirarse, tocarse, olerse, saborearse y escuchar con atención el sonido de la voz del otro. No pasarse casi todos los fines de semana entre un aeropuerto y otro.

Al fin llegó el momento de decirse adiós y seguir cada cual por su camino.

Poco después, Massimo le mandó una carta en la que hablaba de su sensación de vacío y fracaso, del desconcierto que le causaba aquel amor truncado. Ella nunca le respondió, y su silencio fue para él una ruptura profunda y definitiva, el síntoma de un malestar que ni siquiera permitía que al amor sobreviviese el afecto.

La voz de Carlotta lo devolvió abruptamente a la realidad.

—Sé en qué estás pensando, hermano. Te sientes culpable por no habérselo dicho. Créeme, hiciste bien. Es cierto que ella le tenía mucho cariño, y Dario también a ella. Pero lleváis más de un año sin veros, y volver a hablar con ella solamente habría sido doloroso para los dos. Ahora que has conseguido olvidarla no hay necesidad de recaer en el círculo infernal de los inconsolables. Además, tampoco habría sido justo con Franca...

Massimo tenía la mirada ausente, sin apartar los ojos de la plaza que un día le había traído a Geneviève.

—¿Con quién?

—¿Cómo que con quién? La chica con la que sales.

—Ah, sí. En fin, «salir» es una gran palabra. Y lo que pasa es que ya no salimos, se acabó.

—¡¿Se acabó!? ¿Ya? Jolín, por eso llevaba tiempo sin venir. ¿Y esta vez qué pasó?

—Mmm... No sé, faltaba algo, no sabría decirte qué, la verdad, no tengo nada en contra de ella, pero me hacía sentir, ¿cómo te lo puedo explicar?, perdido... —Massimo dejó la frase en suspenso y se puso a mirar el techo, esperando que desapareciese la mirada inquisitorial de Carlotta, pero cuando volvió a bajar la cabeza, su hermana mantenía los ojos clavados en él como el clásico poli malo, de modo que tuvo que redondear el pensamiento como mejor pudo—. En fin, se la veía bien dispuesta e interesada, como si todo marchase en determinada dirección. ¿Imaginas una canica en un plano inclinado? Pues así, pero yo soy obviamente una canica torcida que nada más andar descarrila y acaba quién sabe dónde. No estaba mal con ella, pero la misma idea de estar bien me disgustaba, ¿entiendes?

Carlotta abrió bien los ojos y levantó los brazos.

—No, no te entiendo. Y te juro que lo intento. Me esfuerzo, pero no lo consigo. ¿Quieres saber qué falta? Faltas tú, que estás sin estar. O a lo mejor te resulta, ¿no? Yo no... no sé... ¿esta cuál era? ¿La tercera en los últimos tres meses? Más que aquello de que un clavo saca otro clavo, tú estás montando una ferretería. Ni que fueras un concursante de *Uomini e donne.** ¿Has pensado alguna vez en escribirle a Maria De Filippi? Yo me lo pensaría; lo que se dice guapo, eres guapo, creo que encajas en los parámetros del programa.

Massimo sonrió y le hizo una caricia en la mejilla, el gesto afectuoso romano por excelencia. Un pellizco ligero y delicado que se hace tomando un poco de la piel, no con las puntas de los dedos, sino entre los dedos.

—No tengo tiempo para ir a la tele. Y además, ¿cómo lo haría? ¿Dejaría el bar en tus manos y las del chiflado de tu novio? Después de una semana, cerraríamos por agotamiento de la clientela. Y no en el sentido de que se nos acabaría, sino de que realmente la volveríais loca. Más que liquidarla, la dejaríais emocionalmente agotada.

Carlotta le dio una palmadita en el brazo y añadió una palabrota, lo que siempre venía bien.

—¡Qué simpático! Además, Marcello no es mi novio, creo que no llevo un anillo en el anular izquierdo. Es una historia en construcción, estamos bien juntos y veremos cómo sigue. Y aquí ahora le va mejor. Se ha acostumbrado al ambiente y ha aprendido a no tratar mal a los clientes. Salvo a los que piden un café con leche de soja y los que prefieren edulcorante después de zamparse una bomba con nata. Y los que por el precio de un café te piden mil cosas: tacita de vidrio, gota de leche, edulcorante y vaso de agua. Y los que cuando les das agua no

---

* Programa televisivo de citas, presentado por Maria De Filippi. *(N. del T.)*

se la beben y cuando no se la das te la piden. Y los que beben. Y los que piden que les apuntes la consumición.

—¡Carlò! No te falta nadie. En la práctica trata mal a todos los clientes. ¿Ves como tengo razón?

Carlotta resopló y se cruzó de brazos.

—En fin, no estábamos hablando de los problemas de Marcello..., sino de ti y de tu vida amorosa, que se parece a la del agente 007. Me llamo Massimo, Massimo el capullo, o el capullo de Massimo, que queda aún mejor.

Carlotta tenía razón, Massimo lo sabía muy bien.

Lo cierto era que, por mucho que fingiera ante los demás haberse recuperado y no pensar más en ella, Geneviève seguía aferrada a su interior como una enredadera.

Perderla había supuesto un golpe tremendo para alguien que creía haber ganado la lotería en el amor. Y el pobre Dario, antes de abandonar el juego él también, había tenido que afrontar una crisis sin precedentes, y recurrir a toda su experiencia, sensibilidad y amistad para rescatar a su ahijado del abismo.

Al final había conseguido reflotarlo con unos pocos arañazos y una profunda cicatriz en el corazón que no se le borraría nunca. La verdad, más que una cicatriz era un tatuaje escrito bajo la piel con letra de imprenta, y atestiguaba que, aunque se hubiese marchado, ella seguiría estando en él para siempre.

Los primeros días fueron terribles. Massimo llegaba al bar con media hora de antelación y trataba de cerrar siempre solo al final de la jornada, para poder llorar un poco, lejos de todas las personas que lo querían y se preocupaban por él.

Lo más difícil para Massimo había sido hacer como si las cosas no fueran tan mal para no asustar a su hermana y a su amigo, que siempre lo vigilaban e intentaban consolarlo.

Y lo malo era que todo le recordaba a Geneviève: los rincones de Roma que lo habían ayudado a conquistarla; las estrellas invisibles que estaban sobre su cabeza; el agua del Tíber, que parecía haber dejado de fluir como antes; las canciones de la radio, con las que los cantantes parecían haberse puesto de acuerdo para hundir el punzón que tenía clavado en el corazón.

Todo conspiraba contra él y su pena, por no hablar de las películas: en cualquier canal que ponía por la noche siempre pasaban una adaptación de un libro de Nicholas Sparks.

Y en vano Carlotta le decía que, de las veintiuna novelas que había escrito el autor, la mayoría acababa bien: él siempre pillaba las películas en las que uno de los protagonistas terminaba fatal.

Sin embargo, después de un grandísimo esfuerzo, las cenizas se habían asentado y había despuntado un rayo de sol, que iluminó su vida lo justo para recuperar un poco de color.

Así comenzó su período de prueba sentimental: su hermana decidió que ya era hora de que pasara página y buscara una nueva compañera, compañía femenina o como quisiera llamarlo.

No había ocasión en la que no le presentase a una amiga suya; incluso trababa amistad con las clientas más guapas del bar, para luego incluir a su hermano en salidas de a cuatro en las cuales, pocos minutos después de encontrarse, a ella y a

Marcello siempre les surgía algo y tenían que dejar a Massimo solo con la dulce doncella de turno.

Pero lo cierto era que los resultados habían sido bastante pobres. A Massimo le bastaba una sola salida para que todas se enamoraran de él. Y es que era perfecto, o no tanto, más bien atento: en especial atento a los detalles, que suelen ser lo que distingue a un hombre para toda la vida de un hombre para un día.

Cedía siempre el paso cuando entraban en un sitio y siempre sostenía la puerta abierta cuando salían, nunca empezaba a comer si no lo hacía antes la chica, servía el agua o el vino cuando la copa estaba vacía y era muy educado con todas las personas con las que trataban en el transcurso de la cita.

A Massimo le sorprendía que su actitud fascinara a las mujeres; por lo visto, en los últimos tiempos el modo que tenía de comportarse delante de una mujer, aun cuando para él era normal, para el resto del mundo era anormal.

Geneviève se lo decía todo el tiempo.

—Menó, pareces de otra época.

Y por eso mismo, según su hermana Carlotta, Massimo se estaba volviendo un hombre muy peligroso, de esos que enamoran perdidamente pero nunca se enamoran. Hombres que dejan un rastro de corazones rotos a su paso, sin maldad, con una bondad de corazón y una honestidad que, en lugar de granjearse el odio de sus víctimas, las llevan a quererlos aún más.

—Al final nos haces perder más clientes que Marcello. Franca, la última de tus descorazonadas, era una de las que venían todos los días a desayunar, almorzar y tomar el aperitivo, aparte de los domingos, cuando cerramos. Echa cuentas, Míster Fantástico... Dario habría pensado lo mismo —dijo Carlotta, sonándose la nariz con emoción.

Y quizá Dario, tras la barra del bar Paraíso, asintió en ese momento con un asomo de su habitual sonrisa seráfica.

6

Casetta de Trastevere*

Como un péndulo que nunca deja de recorrer el mismo camino hacia delante y hacia atrás, la existencia de Massimo recorría las mismas calles todos los días por los mismos rieles, aferrándose a las costumbres para no perderse en el vacío.

Despertar un buen rato antes de que amaneciera en el horizonte, ducharse, afeitarse, vestirse y salir. Paseo de casa al bar, algunos saludos aquí y allá, pero solo con la mano, porque a esa hora en que nadie sabe si es de noche o de día la cháchara está a cero; por bien que andemos, nos movemos como autómatas para cumplir nuestro cometido con lo mínimo, esperando volver a la vida tarde o temprano.

Llegar al bar, una mirada que quisiera ser evasiva, pero que en cambio se demora más de lo necesario en las ventanas de la casa de la señora Maria, bueno... de Geneviève.

A continuación, levantar la persiana, pensando: «Me pa-

---

* «Casita del Trastevere», canción de Alberto Simeoni, Alfredo Del Pelo y Alvaro Ferrante De Torres.

rece que hay que ponerle un poco de aceite», o la variante: «Basta, ¡hoy mismo compro una eléctrica!».

Luces encendidas, no en San Siro, sino dentro del bar, una mirada para orientarse y ver si todo está en su sitio, encender el lavavajillas, besar con la mirada la vieja foto de papá, ahora también la de Dario, sonreír a los *Noctámbulos* de Hopper, encender la caja, ordenar el dinero para empezar a trabajar, total, seguro que el primer cliente (de los que pagan, por supuesto...) cae con un billete de cincuenta. Comprobar la máquina de café, pensando: «Tarde o temprano habrá que cambiarla». Franco el pastelero, cruasanes, pastas, sándwiches, pizzas que guardar.

El primer café de la mañana, en soledad, para acordarte una vez más de aquello que, de vez en cuando, finges haber desterrado, el recuerdo de aquella chica pecosa que debía estar a tu lado por el resto de su vida y sin embargo...

Aguzar el oído, silencio. Luego pensar que Antonio, el mecánico, se ha ido (y te basta esa frase para imaginártelo en Cerveteri, rascándose las partes y diciendo: «¡Ja! Tus muertos...»).

En compensación, ahora está Buh (café normal, edulcorante, vaso de agua, uno de esos a los que Marcello les cobraría el café a cinco euros, con descuento). El profesor paquistaní llama a la persiana de manera más tranquila que Antonio, el fontanero, y al verte repite siempre la misma frase: «¿Hoy trabajamos media jornada?».

Después llegan los demás uno tras otro: los inevitables basureros y Carlotta, bautizada por todos la reina Grimilda, porque no deja pasar una y, si no pagas de inmediato, dice en voz alta para hacerte quedar fatal: «¿Qué hago, Luì, te lo apunto?», dirigido a su blanco favorito, Luigi, el carpintero, que al sentirse observado como un deudor en potencia solo puede rendirse a la voluntad de la reina:

—No, no, pago ahora mismo... como siempre.

Y entonces tres cuartas partes del bar se parten de la risa, incluido el estanquero chinorromano Ale Oh Oh (café americano), que hasta se permite decir:

—¿Y desde cuándo *pagal ahola* mismo?

A continuación llega Marcello, como siempre jadeante y desarreglado, casi como si hubiese pasado la noche en una lavadora en funcionamiento.

Lo bueno de Marcello, sin embargo, es que se toma su trabajo muy en serio.

Tanto si el bar está abarrotado como si está semivacío, él, con aire distraído o sin fijarse en lo que sucede a su alrededor, tan pronto como cruza el umbral, sin dirigirse aún a la trastienda para cambiarse y ponerse el uniforme de trabajo, coge los periódicos que están sobre la nevera de helados para uso de los clientes y les echa un vistazo rápido, leyendo los titulares más destacados.

Según dice, es para estar al día de lo que pasa en el mundo y poder comunicarse con los clientes, cruzar con ellos unas pocas palabras alegres, hacer que se sientan a gusto y como en casa.

El único problema es que en casa la gente no paga el café, y Marcello, con su desordenada charla de bar, les confunde tanto las ideas a los parroquianos que estos, convencidos de que se han tomado el café en casa, se marchan sin pasar por caja.

Obviamente, cuando se le señala el asunto de pasada, el neocamarero admite sin inmutarse que se ha dado cuenta de que tal o cual cliente no ha pagado, pero que le ha parecido que lo mejor era no salir corriendo tras él para no avergonzar al distraído.

A ese respecto, su filosofía es más o menos la siguiente: mejor perder el dinero de un café que perder todos los cafés que habría seguido consumiendo el cliente si no hubiera oído que el propietario del bar lo llamaba ladrón.

Pero el colmo de Marcello llega cuando, después de haber leído o, como él dice, «hojeado» los periódicos rápidamente, se acerca a la barra y, como si fuera lo más normal del mundo, pide un capuchino y un cruasán y añade:

—Por favor, el capuchino prepáramelo bien, en vaso de vidrio, cargado y con poca espuma.

Y después, cuando el capuchino se demora, porque lo cierto es que no tienes manos suficientes y además te sientes obligado a servir a los que estaban primero, el bueno de Marcello no escatima pullas, buscando la complicidad de los que están a su lado, como quien llama al lamento colectivo.

—Pero este capuchino ¿de dónde viene, de Brasil?

Entonces tú, que tienes un carácter un poco susceptible, lo fulminas con la mirada, dándole a entender que las represalias, cuando se haya puesto el uniforme y se coloque a tu lado detrás de la barra, serán durísimas.

Por último llega la reina Grimilda a restaurar el orden del reino.

Es la soberana que ejerce el poder sin piedad ni sonrisas fingidas de conveniencia, sino con frases agudas, miradas de hielo o preguntas incómodas, como cuando una mujer con un poco de sobrepeso, sin ningún pudor, declara que quiere comerse un cruasán con nata y ella la interroga con voz angelical: «¿La dulce espera?», obviamente no refiriéndose al cruasán que está a punto de coger de manos de Marcello. Y añade con aún más maldad: «Marcello, pásale edulcorante a la señora, así compensamos la nata del cruasán».

Y así siempre. En dos palabras, en el bar Tiberi todo se repite del mismo modo aun cuando sea distinto, como el movimiento de las olas; y por un lado agradeces esa rutina hipnótica que a la larga te mantiene vivo, pero por el otro de vez en cuando atisbas con el rabillo del ojo el abismo que llevas dentro y te parece que no ves el fondo. Sobre todo te preguntas dónde fue a parar aquel copo de nieve que supo encenderte, cómo hizo para derretirse sin que te dieras cuenta. Pero por fortuna ya es hora de preparar un descafeinado con leche, un capuchino y un marroquí, pues, si bien es cierto que nunca falta tiempo para pasarlo mal, no lo es menos que mantenerse ocupado tanto como sea posible por la fuerza reduce drásticamente las oportunidades de pararse a mirar el mencionado abismo.

7

Sinnò me moro*

«Es mejor haber amado y perdido que jamás haber amado.» Pero ¿a quién se le pudo ocurrir esa chorrada? Desde luego, las palabras son bonitas, claro, pensó Massimo, pero no toman en cuenta la desintegración total que deja a su paso la muerte de un amor. Un día había buscado en internet al autor de la frase, con la intención de ir a cantarle cuatro verdades, pero había descubierto que el viejo Alfred Tennyson se había marchado de este mundo hacía bastante tiempo, un jueves de 1892, lo que ponía una distancia segura entre él y Massimo. En todo caso, según las fuentes fiables de la web, no lo había matado el amor ni un tonto como Massimo que había seguido sus consejos, sino una vulgar gripe. Tenía ochenta y tres años, así que, si había conocido el amor, se las había arreglado para sobrevivir.

En fin, también Massimo sabía cómo son y cómo no son las cosas, que no había vuelta atrás y que, si pudiera retroce-

---

* «Si no me muero», canción de Alfredo Giannetti, Carlo Rustichelli y Pietro Germi.

der, cometería los mismos errores imperdonables una vez más, porque Geneviève era demasiado hermosa, demasiado única, demasiado... Era mejor no pensar en ello, no pensar en absoluto si no quería hundirse como siempre en un metafórico frasco gigantesco de miel envenenada que no te permite escapar y acaba matándote de muchas maneras diferentes como para asegurarse de que todas tus posibles vidas de reserva acaben muertas y remuertas.

Algo era seguro: después de que Geneviève lo dejase en un pozo de desilusión y pena como aquel en el que había caído Batman de niño, estaba tan espantado del amor que había tomado la solemne decisión de no volver a enamorarse en su vida. Nunca volvería a decir las palabras: «Te amo». Nunca, nunca, nunca más. El amor no era para él: estaba claro como la luz del sol de agosto.

Así, siempre le decía a su hermana Carlotta: «Un camarero es como un sacerdote: no puede ser de una sola persona; es de todas».

Pues para ser sacerdote dejaba a su paso bastantes corazones rotos, comentaba Carlotta, recordándole a la pobre Franca y a las que la habían precedido, claro, porque a pesar de haberle declarado la guerra al amor era incapaz de mantenerse lejos de las mujeres, y en su presencia se comportaba estupendamente, las trataba con la bondad del novio que nunca podría ser, les hacía el amor aunque solo fuera por una noche con todo el corazón y el respeto que un alma amable debe darles, si bien poco después descubría que su corazón no estaba en condiciones de entregarse a nadie, y cada vez huía por miedo a descubrirse vivo, aunque solo fuera un poquitín.

No es que se hubiera vuelto malo, cuidado; quienes lo conocían de siempre decían que se había vuelto aún más bondadoso, y volverse más bondadoso de lo que lo había sido con Geneviève equivalía a ser la reencarnación de san Francisco. O quizá no de san Francisco, porque seguía sin tener una buena relación con los animales, en especial con los perros que le meaban las persianas del bar por la noche y los gatos, a cuyos pelos era alérgico.

Como las cosas importantes de la vida de la familia extendida del bar Tiberi eran automáticamente de dominio público, y todo el mundo tenía derecho a opinar, también los distintos clientes-amigos-familiares expresaron libremente su opinión ante Massimo.

Y tal vez la frase más justa, la que le iba como anillo al dedo, se la dijo el último en llegar, obviamente a su manera y tomada de su país con milenario sabor a cúrcuma y jengibre. Una mañana, mientras el profesor paquistaní Buh sorbía su café solo con edulcorante, miró fijamente a Massimo y, como quien lo ha entendido todo sin saber nada, pronunció un aforismo para la posteridad:

—El amor es igual que toda el agua del mundo, y siempre es muy difícil encontrar un corazón tan grande como el mundo que pueda contenerla en su totalidad.

En fin, al no querer amar más en primera persona, también trató de alejarse de sus (amadas, para variar) novelas y películas de amor; pero, siendo que se niega a que lo pongan de patitas en la calle, el amor volvió a entrar sigilosamente en su vida y lo convirtió en un espectador invitado, acaso para mostrarle con un ejemplo que todas sus defensas no eran sino miedos estúpidos, destinados a que tarde o temprano lo arrasaran los sentimientos.

Por aquel entonces, una pareja clandestina empezó a frecuentar el bar Tiberi a la hora del desayuno. Siempre absortos en sus cosas, seguro que iban allí a propósito porque nadie los conocía ni por asomo y no querían llamar la atención. No sospechaban, por cierto, que eran el centro de extensos debates, discusiones e incluso apuestas, pues en el bar Tiberi la privacidad se concebía de un modo completamente original, aunque sin malicia, con la participación vivaz y sincera de todos. Delante de los amantes había un mínimo de reserva, pero en cuanto salían arrancaba el vals de hipótesis hiperbólicas y juicios sumarios.

Los hermanos Tiberi tenían un punto de vista diametralmente opuesto de la cuestión, lo que suscitaba tal conflicto interno que ni que fueran güelfos y gibelinos...

La reina Grimilda encumbraba a los infieles en la apoteosis de la perfidia, mientras que Massimo compensaba sus propias dificultades personales en materia de amores prestando su apoyo incondicional a aquellos dos marineros valientes y apasionados que se debatían en mitad de a saber qué tempestades, con la sola fuerza de sus sentimientos, contra todo y contra todos.

Así, Carlotta ideaba trampas con cartones de leche vacíos dejados inopinadamente en mitad del local, comentarios velados en voz alta sobre el círculo dantesco de los lujuriosos y hasta preguntas retóricas a los amantes cuando uno de ellos esperaba al otro, a fin de darles a entender que ella no se chupaba el dedo y se oponía a esa unión: «Hoy la (o el) joven llega tarde. Tal vez había mucho tráfico en Cassia» (conocida calle donde abundan las prostitutas).

Por su lado, Massimo se había convertido en un figurante; los observaba divertido, con una sonrisa, a sabiendas de que no podía intervenir porque era preciso dejar que el amor buscase su propio camino, aunque por dentro alentaba como un loco a la diosa del amor para que diese una conclusión digna y positiva a la tela que estaba tejiendo. Puesto que era un romántico, los dos le parecían hermosos, con esos abrazos fuertes y largos que se daban al despedirse, como los que le gustaban, los que valían una vida. En cambio, la reina Grimilda no dudaba en hacer comentarios dignos de su fama milenaria.

Llegó un momento en que todos les habían cogido cariño a los amantes, incluso los clientes de otras franjas horarias, que siempre pedían el informe del episodio anterior. Massimo se ilusionaba, no sin razón, de que el motivo no fuese el morbo del cotilleo (bah, un poco sí, a qué negarlo), sino que existía una verdadera participación, porque en los amores atormentados uno se ve reflejado para bien o para mal, de un modo u otro, como era ayer, es hoy o fue hace mucho tiempo, como todo aquel que ha amado así, sin culpa ni pecado, solo porque no podía vivir de otro modo.

Cuando ella lo abrazaba parecía querer englobarlo, quizá para tener la impresión de que ella era él y él era ella y llevarlo siempre dentro. Con el tiempo se creó una especie de club de fans, y no era raro que se acercara a la barra una señora agitada y preguntara:

—¿He llegado a tiempo o ya se han ido? He dejado el coche mal aparcado, no puedo quedarme mucho, pero si todavía no han llegado espero un poquitín.

En esas circunstancias, Massimo miraba a su alrededor y se daba cuenta de que en el bar había muchos más clientes de lo habitual; debían de haberse levantado más temprano, y no porque al que madruga Dios lo ayuda, sino porque cuando alguien dice «Mira, hay un arcoíris», no puedes sino levantar los ojos.

Mientras tanto, la clienta que había aparcado mal decidía calmar la tensión con un café con leche.

—Mucha leche, por favor, que tengo una ansiedad...

Entonces Massimo se preocupaba por el coche, pero ella le restaba importancia, encogiéndose de hombros.

—¡No se lo van a llevar! Ya que he venido, espero un poco.

Y es que la alta fidelidad, al fin y al cabo, no tiene nada que ver con la radio.

Últimamente había surgido la teoría de que ella llevaba las de perder, que el comprometido e indeciso era él, con su alianza en el anular y su palidez mortal, el mismo que —cada vez de un modo más evidente— solo a veces se encendía ante ella, pero parecía incapaz de soltar el pedal del freno y brillar con luz propia.

Y en efecto, una mañana ella llegó con cara seria y pidió el café con leche fría de siempre, aunque se veía a la legua que había pasado algo. Massimo la miró a los ojos enrojecidos e hinchados de tanto llorar y, sin pensarlo un momento, le dijo:

—Siéntese, por favor, yo le llevaré el café.

Era sin duda muy educada, porque se empeñó en responder a las evidentes atenciones de Massimo levantando apenas las comisuras de los labios, aunque sin dar calor a su expresión, y la alegría que otrora le inundaba el rostro era solo un vago recuerdo, como la larga cola de un cometa que ha pasado y no volverá a verse en cien años, es decir, en la práctica, nunca más, a menos que seas un elefante o una tortuga o un gato en su primera vida.

Se quedó un rato sentada a la mesa del fondo, pegada a la ventana, y Massimo, por un reflejo incondicional del corazón, miraba cada cinco segundos la puerta con la ilusión de verlo entrar.

Pero ella ya no lo esperaba, quizá lo había esperado demasiado, y a veces los hombres son unos canallas que después de lanzar el corazón esconden la mano. Sin mirar por la ventana, la mujer fijó la vista en la taza vacía unos cinco minutos, leyendo quién sabe qué augurios en los posos del café.

Luego se levantó y fue a la caja para pagarle el café a la reina Grimilda, que increíblemente no sonrió al verla triste.

Incluso los malvados tienen un código de honor, y Carlotta decidió no ensañarse; por lo menos conservó la neutralidad de su expresión glacial, quizá porque tenía miedo de la mirada atenta de su hermano, que le había dicho:

—¡Matas a una princesa muerta!

La mujer cogió la vuelta y, después de susurrar un ritual «adiós», se marchó. A Massimo le entraron ganas de correr tras ella, abrazarla y decirle que la historia no había acabado o que, si lo había hecho, renacería bajo otra forma, porque el amor cumple con su palabra y tiene buena memoria. Pero se contuvo, sintiéndose clavado por los ojos de la reina Grimilda, que desalentaba todo movimiento, sin darse cuenta de que aquel abrazo y aquellas palabras le habrían servido también a él, a él más que a nadie.

8

Nun je da' retta Roma*

A decir verdad, aquella historia parecía terminada y, al menos desde fuera, no daba señas de que fuese a recomenzar, de manera que Massimo empezó a sospechar que el amor, incluso el de los demás, era ciego, sordo y olvidadizo.

Durante unos días continuó lanzando miradas a la entrada del bar sin grandes esperanzas, pensando que no aparecerían esa mañana, ni la siguiente ni nunca. Y se puso a viajar con las alas de su melancólica memoria. Lo que más echaba de menos era ver llegar a la mujer con su hermosa sonrisa, una de esas que las personas como la reina Grimilda, que alientan al tren en lugar de a Anna Karenina, juzgan insensatas, sin motivo y hasta un poco inmorales. Porque piensan: «¿Y esta de qué sonríe?», mientras que la gente romántica como Massimo interpreta una sonrisa como la ese de Superman, en pocas palabras, una de esas eses que significa «sueños».

Massimo prosiguió el viaje recordando el modo en que

* «Roma no nos presta atención», canción de Armando Trovaioli y Luigi Magni.

ella se apostaba delante de la ventana, porque no le bastaba con esperarlo. Nunca le alcanzaba. No quería perderse ni un fotograma de su figura. Quería verlo llegar de lejos y alegrarse cuando apretaba el paso, mientras una sonrisa empezaba a dibujarse en su rostro siempre triste, siempre apagado (a ella le encantaba atribuirse el mérito de sus contadas sonrisas). Y luego él la veía, de pie tras la ventana, y sin duda lo primero que pensaba era: «Pero qué cosas hermosas tiene este bar», y el asomo de sonrisa se completaba tiñéndose con todos los colores del arcoíris. Porque en realidad a él le importaba un pimiento desayunar, en vista de la ansiedad que le devoraba el estómago.

Solo quería tomar el primer café de la mañana con ella, como ponía en aquel libro que le había regalado el día de San Valentín del año anterior, y que ella le había contado mientras estaban acostados en la cama, en aquella habitación de hotel que de sórdida no tenía nada, no después de hacer el amor, el amor verdadero, que pinta de rosa todos los empapelados, interiores de coches, tiendas, bancos de parques, paredes o casas. Bueno, quizá las cosas en realidad no eran como las imaginaba Massimo, quizá la habitación de hotel ni siquiera existía, pero él era muy fantasioso. Y esperaba que las lágrimas de la última vez tuviesen otros motivos y que, aun en contra de sus intereses (como le decía siempre Marcello, no entendía nada de dinero y negocios, y tenía que dejarles las cuentas a los demás), solo hubiesen descubierto un bar más cómodo que el suyo para encontrarse. Porque, en definitiva, lo importante no era verse, sino mirarse. Pero la reina Grimilda recalcó el sólido argumento de que el tipo nunca se había quitado la alianza del dedo, ni abandonado esa mirada de cervatillo asustado que, detrás de la ventana, vagaba por la plaza con miedo de ver aparecer a su legítima esposa de un momento a otro.

Así, mientras Massimo se quedaba acodado en la barra y con la cabeza entre las manos meditando sobre el hecho de que, también visto desde fuera, el amor se iba al garete, Carlotta lo pulverizaba definitivamente con sus sentencias letales.

—¡Ya te digo! Volverá con su mujer, el muy cabrón. Se divirtió cuanto quiso, pero empezó a aburrirse del jueguecito y la echó a la calle sin muchos miramientos. Típico de los hombres, ¿verdad?

—No sé por qué me molesto en hablar contigo —balbuceó él—. ¡Era un amor verdadero! Y a lo mejor ya no vienen porque finalmente se han atrevido a vivir su historia a plena luz del día y se han mudado a otra ciudad.

—Claro, te encantaría, ¿eh? ¡Tú y tus escapadas románticas!

Massimo estaba a punto de responder cuando se detuvo con la mandíbula medio abierta: no supo si era una buena o una mala señal, pero en ese instante ella estaba entrando; enseguida se acercó a la barra, pidió su habitual cortado con leche fría, se lo tomó deprisa y fingió que no esperaba a nadie, aunque en realidad lo esperaba, claro que sí, lo esperaba a él, y mucho, porque el amor no es un grifo que se cierra ni una luz que se apaga.

Ahora bien, se le acababa el tiempo y, en definitiva, quedarse allí sola debía de parecerle humillante, así que con gestos lentos y contrariados se acercó a la ventana, echó un vistazo a su alrededor, titubeó, sin duda pensó que lo mejor sería irse, que no valía la pena, aunque luego pareció pensárselo una vez más y se detuvo brevemente fuera del bar; hacía frío, pero a ella no le importaba.

En ese momento, dentro, en la radio empezó a sonar la canción de *Titanic* de Céline Dion, una de esas baladas que arrancan lagrimones incluso al más áspero e insensible de los hombres. Solo faltaba él, y parecía imposible que un ser humano tuviera la audacia de sustraerse al papel que tan bien le había preparado el destino. Sin embargo, era obvio que él no estaba, y en consecuencia ella desapareció, llevada por el viento, y no quedó nada salvo la sonrisita de la reina Grimilda, que formuló con distintas palabras su profecía favorita.

—Mejor así, el tipo lo entendió y se fue, hizo lo que tenía que hacer.

Massimo reaccionó enérgicamente y respondió al desafío.

—Si es así, Marcello tiene razón, ¡el tío se acojonó y nada vale una lira!

De pronto, la puerta se abrió y entró él; la reina Grimilda no supo qué hacer y Massimo saboreó un triunfo inesperado. El hombre se acercó a la barra y pidió un capuchino, miró alrededor y buscó en el vacío lo que acababa de estar y ya no estaba, la buscó a ella.

La reina Grimilda se acercó a Massimo y siseó entre dientes:

—Dile que se acaba de ir, sé que quieres hacerlo.

Era cierto que quería, claro que sí, pero ¿cómo?

La reina lo provocó, sonrió son sorna, Massimo estaba desorientado, porque entrometerse en la vida de una persona que no formaba parte de la familia extendida del bar Tiberi, a su entender, iba en contra de la ética profesional, pero el otro ya se había terminado el capuchino y el tiempo se agotaba, por eso lo miró y, con la voz más amable que pudo, le susurró:

—La joven acaba de irse.

El hombre lo miró conmocionado y luego, con voz temblorosa, dijo:

—Francesca... He llegado tarde.

Y Massimo pensó: «No puede ser, se llama Francesca... Si él se llama Paolo, ¡es el infierno!».

El hombre agitó la cabeza y, a paso de tortuga, se dirigió a la caja para pagar, con la melancolía de quien ha perdido el tren. Justo cuando el protagonista parecía ahogarse en su rendición, e incluso el público estaba por renunciar al ansiado final feliz, se abrió la puerta y con el viento helado entró ella; en un segundo, como si se hubiera materializado de la nada, llegó al lado de él y pronunció un simple «hola»; él la abrazó, luego se apartó para mirarla y comprobar que realmente era ella, y volvió a abrazarla y lentamente la condujo a la mesa que de inmediato fue rebautizada con el nombre de «canto quinto», en honor a los amantes dantescos.

La reina Grimilda, vencida pero indomable, se acercó a Massimo para susurrarle al oído: «¡Mosquita muerta!», y él se sintió como el gerente del hotel de *Pretty Woman* y, con una sonrisa, contestó:

—Debe de ser difícil dejar escapar algo tan hermoso. —Y luego concluyó—: Porque al final siempre es la mujer la que salva al hombre.

9

Ciumachella de Trastevere*

Era un típico día de otoño en el bar Tiberi, y el cielo tenía un aspecto apagado y un poco insolente, como si dijera: «¿Qué quieres? Ya hace mucho que no hago que te llueva encima, no me pidas luz y colores». Massimo había mandado a Marcello a descansar, y este había volado a casa de Carlotta, también de permiso temporal.

Entre ellos había una extraña alquimia que parecía funcionar bien por mucho que a Massimo le costase comprenderla.

Su hermana era capaz de contener la locura de aquel muchacho y volverlo una persona casi normal; por su parte, él le sentaba a Carlotta como el opio a Oscar Wilde.

Todo dormitaba, y Massimo aprovechó para ponerse a limpiar la máquina de café mientras en Radio Subasio pasaban el clásico con el que daban comienzo a cada hora, una canción de Rino Gaetano que adoraba, de la que estaba loca-

---

* «Jovencita del Trastevere», canción de Nicola Salerno y Gigi Cichellero.

mente enamorado... Y es que con Rino había sido amor a primera escucha.

Además, las palabras «primero» y «amor» están hechas la una para la otra, porque si bien una persona puede conquistarte poco a poco, la chispa que enciende el fuego parte de la primera mirada.

Entre las muchas personas a las que has visto desde que empezó el día, la semana, el mes, la vida, te fijas justo en esa.

Es como si tu corazón fuese un marcador y señalase de amarillo, rosa, azul, verde, naranja, en fin, de un color diferente a esa persona, y dejara al resto en blanco y negro.

Como si le dijese a la mente: ojo, de esto tienes que acordarte porque es importante, y la vida, cuando te pida cuentas, podrá preguntarte por él, o por ella.

El corazón de Massimo, con el marcador siempre a mano, aquel día cumplió su deber de una manera ejemplar, tan pronto como sus ojos vieron a la chica que acababa de entrar en el bar. Aunque, en realidad, enfrascado en su mundo, ocupado en sacarle brillo a la máquina de café, primero oyó una voz dulce que no conocía y que no olvidaría fácilmente.

—¡Hola!

Hay saludos inútiles, obvios; hay saludos familiares, bonitos, afectuosos; hay incluso saludos groseros; y después están los saludos que no puedes borrar de la memoria porque parecen salir por una puerta abierta que te podría cambiar la vida.

Massimo emergió hacia esa voz cálida, clara y alegre sin ser chillona o exuberante, y muchas cosas más que solo un visionario como él podía oír en solo dos sílabas. Descubrió que la voz remitía directamente a una especie de cielo azul indefinido, de los de verano, cuando el sol está a punto de ponerse.

La chica era casi tan alta como él y tenía el pelo negro, largo y lacio, un cuerpo bonito y la tez clara, todo coronado por unos ojos azul profundo. Parecía que en su totalidad había más de lo que puede contener una sola persona.

No se había acercado siguiendo un camino, sino que había aparecido frente a la barra sin que él se diera cuenta.

Más tarde, Massimo intentaría describir su aparición a Carlotta y a Marcello y comentaría: «Como la Virgen de Civitavecchia», en un impulso religioso que no le pegaba y al que el mismo Massimo respondería con: «No, como un ninja que sale de entre una humareda con olor a caramelo».

—Hola, ¿qué te pongo? —preguntó al cabo de un largo silencio.

—No, solo quería saber si este es el famoso bar donde preparan el café con Nutella. Le interesaba a una amiga mía, pero como hoy no podía venir y yo vivo cerca, me pidió que se lo averiguase para no hacer un viaje mañana en vano.

Massimo sonrió, con una de sus sonrisas de vergüenza, como cuando le hacían sentir importante, especial.

—Sí, es aquí.

—Bueno, entonces vendré mañana con mi amiga. Que tengas un buen día. Nos vemos mañana.

Acto seguido, la chica desapareció y la mente de Massimo quedó paralizada sin ninguna posibilidad de moverse, como el protagonista de *En tierra de nadie*, un soldado bosnio que se descubre tendido por error sobre una mina y no puede levantarse sin detonarla. Como si no tuviera más elección que centrarse en la imagen de esa chica, so pena de su perdición y quizá de una muerte dolorosa.

En el bar Tiberi todo el mundo se dio cuenta de que Massimo estaba distraído por algo serio.

Y cuando confundió el café americano del estanquero chinorromano Ale Oh Oh con el café en vaso de Riccardo, el peluquero, sobrino del legendario Pino, también peluquero, todos los presentes se miraron desconcertados, mientras los dos pobres clientes, sin tener conciencia de la magnitud de aquel acontecimiento, se intercambiaron los respectivos cafés en el acto, comentando lo sucedido con ligereza.

—Hoy *camalelo distlaído*, confunde la noche con el día.

—No, hoy camarero atontado. Tú lo que deberías ser es diplomático.

Por fortuna, al rescate de Massimo vino Marcello, que quizá no fuese un superhéroe, pero como los superhéroes llegaba en el momento justo.

—Venga, a ver si os ocupáis de vuestros asuntos. ¿No veis que el artista está pensando?

El dueño del bar Tiberi sorprendió a sus detractores guardando un decoroso silencio y liquidó el asunto con una sonrisa condescendiente. Sabía que su mente debía quedarse encima de la mina, a la espera de que viniesen a salvarlo.

10

Fiori trasteverini*

Al día siguiente, la mente de Massimo seguía tendida sobre la mina, demostrando la persistencia y paciente tolerancia de un faquir. Sin embargo, tampoco la segunda vez tuvo la suerte de verla llegar desde lejos, porque, de manera similar al día anterior, se la encontró delante de la barra cuando regresaba del almacén cargando unos botellines de zumo de frutas. En realidad, ahora había dos chicas, pero, por aquello de los marcadores, la amiga quedaba bastante descolorida en comparación con ella y Massimo apenas la vio.

En plan «lo mejor es ser amable y actuar con naturalidad», Massimo salió a toda prisa de detrás de la barra para recibirlas.

Carlotta y Marcello se miraron perplejos y pensaron que Massimo reaccionaba así porque las personas que acababan de entrar en el bar eran famosos de la tele, quizá de alguna serie, que sin embargo Massimo seguramente no había visto.

* «Flores trasteverinas», canción de Romolo Balzani.

Esbozando su mejor sonrisa, el dueño del bar Tiberi se puso delante de las dos muchachas y, tendiéndoles la mano, les dio la bienvenida, desatando las protestas irónicas de algunos de los fieles del club, como Luigi, el carpintero, que se volvió hacia Carlotta, sentada en la caja, y farfulló entre dientes:

—¡En los veinte años que llevo viniendo, nunca ha salido a estrecharme la mano cuando entro en el bar!

De inmediato, Marcello aprovechó para lanzarle a Luigi una de sus pullas.

—¿Cómo que no? Cuando entras siempre sale a recibirte con la mano abierta, a ver si le das el dinero de todos los cafés que no has pagado en los últimos veinte años. —Y dirigiéndose a Carlotta—: De hecho, cariño, apúntale el que acaba de tomarse.

Mientras tanto, Massimo, desentendiéndose de todo y de todos, llevó a las dos nuevas clientas a una de las mesas del bar, más en concreto a la que estaba junto a la ventana, la más aislada y alejada de la fauna del lugar, para evitar que los nativos lo hicieran quedar mal como de costumbre.

—Bienvenidas, soy Massimo, para cualquier cosa os conviene pedirme a mí, porque los demás solo son de fiar hasta cierto punto. Me molesta admitirlo —continuó, tratando de mantener un aire serio—, pero los contrataron sin mi conocimiento y no me atrevo a despedirlos. Por no hablar de los parroquianos: hay que aguantarlos por razones obvias, pero si tenéis amigas con que reemplazarlos, adelante. Estoy hablando demasiado, ¿no?

La chica de pelo largo y negro y ojos azules negó con la cabeza, conteniendo la risa.

—Yo soy Mina y ella es Federica, la amiga de la que te hablé ayer.

En el momento en que la chica dijo que se llamaba Mina todos callaron y se quedaron paralizados, observando a la nueva clienta con la invasiva curiosidad típica del bar Tiberi. Carlotta buscó la mirada de Marcello, que entendió al vuelo lo que su novia intentaba decirle con los ojos y susurró lo mismo que ella:

—Mino y Mina.

Massimo se asombró aún más, pues llevaba casi veinticuatro horas deleitándose con la idea de aquella mina activada, pero trató de pasar a otra cosa y estrecharle la mano también a Federica, que le correspondió con gran entusiasmo.

—No sabes lo contenta que estoy de haber venido. Me encanta la Nutella y, cuando leí en internet que en este bar servían el mejor café con Nutella del mundo, me volví loca. No veo la hora de probarlo.

Massimo, como siempre que se sentía incómodo, se rascó la parte de atrás de la cabeza.

—No sabía que fuera tan famoso. El bar tiene una página en Facebook, pero, la verdad, nunca pensé que en la web corrieran rumores tan halagadores sobre nuestro café.

Mina tomó la palabra mientras se sentaba a la mesa con su amiga.

—Así que esta noche pondremos un «me gusta» en esta popularísima página, y a lo mejor hasta le pedimos amistad al dueño.

Massimo ya no sabía cómo sonreírle, tenía miedo de parecer estúpido, pero no podía evitarlo.

Era como si la famosa mina activada, a pesar de todas sus precauciones, le hubiese estallado dentro, aunque sin ser algo doloroso como esperaba.

Si Geneviève había sido la nieve, Mina llegaba como una de esas tormentas de verano que te sorprenden en mitad de la calle y de las que no te resguardas porque sientes la necesidad de lavarte el calor y el sudor, abandonar las certezas y los miedos que te habían privado de la voluntad de volver a poner en juego tu corazón en la ruleta del amor, después de que Geneviève se convirtiera en la banca que gana siempre y se queda con todo.

Y en aquel clima de noviembre, la idea de una tormenta de verano era tan lejana y exótica como preciosa.

—Con gusto aceptaré vuestra amistad. Así además podré teneros al corriente de las degustaciones de café que hacemos en el bar entre semana.

Inmediatamente, los clientes-amigos-familiares del bar volvieron la cabeza de golpe, primero hacia Massimo y luego hacia Carlotta.

Riccardo, el peluquero, recién llegado, hizo honor a su tío al demostrar que el gen del metomentodo era tan hereditario como el del color de los ojos.

—¿Y desde cuándo hacéis degustaciones de café? ¿Será los lunes, cuando libro? ¿Por eso no me he enterado?

Carlotta lo fulminó con la mirada, evitando responderle para que la cosa no degenerase y su hermano saliese malparado, aunque también ella se preguntaba por qué Massimo se había inventado esa chorrada.

Mientras tanto, Massimo había vuelto detrás de la barra

para prepararles los dos cafés con Nutella a Mina y Federica, bajo la divertida mirada de Buh.

El profesor paquistaní siempre se quedaba muy impresionado al ver los armónicos movimientos de Massimo ante la máquina de café, lo veía como a un pintor que estaba resuelto a crear una obra de arte y que convertía el espolvoreo final del azúcar glas en la pincelada personalísima del autor.

—¡Massimo, eres el Monet de los camareros!

El profesor era consciente de la gran pasión por el arte que sentía su camarero favorito, que disfrutó del elogio con su acostumbrado rubor de vergüenza.

Mientras preparaba los dos cafés, Massimo espió con el rabillo del ojo a Mina y se dio cuenta de que ella hacía otro tanto entre las réplicas que cruzaba con su amiga.

Había algo en ella que le gustaba con delirio, quizá sus ojos azules pintados de azul, como el cielo en la canción de Modugno, y también el pelo larguísimo, negro, brillante, lacio, y también esa sonrisa franca, blanca, espontánea, y también su cuerpo, y también su voz... Marcello, casi como si le hubiera leído la mente, se le acercó, le apoyó la mano en el hombro y le susurró:

—Ya, te gusta todo.

Preparados los dos cafés con Nutella, Massimo los llevó a la mesa y se los sirvió a las chicas con una especie de reverencia.

—¡Aquí tenéis! Espero que no defrauden vuestras expectativas.

Las expectativas no se vieron defraudadas, a juzgar por

cómo dejaron las tazas Mina y Federica: brillantes como si acabaran de salir del lavavajillas.

—¡Madre mía! —exclamó Federica con los ojos entrecerrados. Luego calló como si buscara palabras más expresivas, sin embargo, al no encontrarlas, se limitó a repetir el concepto—: Pero ¡madre mía!

Y soltó una carcajada alegre que se contagió rápidamente a los otros dos, porque el café con Nutella no puede sino surtir ese efecto, por no mencionar que la risa de Mina desató en Massimo una alegría incontenible.

Massimo retiró las tazas y les ofreció dos vasos de agua mineral a cambio.

Se había dado cuenta por su acento de que Mina no era romana, y curiosamente se sorprendió preocupado por perderla incluso antes de encontrarla.

—Tú no eres de Roma, ¿no?

—No, soy de Verona. ¡Santos pececitos! Y yo que esperaba haber pillado el acento de la mafia local.

Hasta unos años atrás, aquel torpe uso de la típica frase romana «santos pececitos» le habría arrancado una carcajada, pero ahora golpeó a Massimo directamente en el estómago y afectó de repente los nervios que se le anudaban dentro.

Los daños causados por Geneviève no podían repararse en un día. Con un esfuerzo épico, Massimo se recompuso y llenó el silencio con la pregunta más obvia:

—Y entonces, Mina, ¿qué haces en la ciudad más hermosa del mundo después de Verona?

—Acabo de llegar, soy la nueva encargada de una tienda de ropa.

—¡Caramba! Entonces eres tú la importante.

Massimo se dio cuenta de que estaba dejando de lado a Federica, en realidad la verdadera heroína de la historia, pues gracias a ella estaban hablando todos. Así que intentó remediarlo.

—¿Y tú? Supongo que serás la hija de algún capo famoso y que no necesitarás trabajar.

Federica se puso roja y se tapó la cara con la mano.

—¡Yo trabajo en una librería!

—Pero bueno, aquí tenemos cultura y alta costura. ¿Quién soy yo para merecer esta compañía?

—Bueno, he oído que eres el Monet de los camareros, ¿no? ¡Formamos un gran equipo!

—En ese caso, espero que vengáis a menudo. Juntos podemos hacer grandes cosas.

A pesar de su tono irónico, Massimo no pudo evitar clavar la mirada en los ojos de Mina.

—¡Aquí estaremos! —respondieron las chicas a coro, mientras el runrún de los clientes lo llamaba a una realidad que Marcello no podía manejar, maldita sea; en su lugar, el viejo Dario habría hecho desaparecer el bar y hasta el cielo de noviembre con tal de dejarlo en el jardín del Edén con aquella chica.

Unos diez minutos más tarde, las dos se levantaron y, después de pasar por caja, se acodaron en la barra para despedirse de Massimo. Él se hallaba en plena confusión, de manera que miró los labios de su Mina flotante mientras se movían pero tardó en comprender el significado de sus palabras. Cuando hubieron salido se dirigió a Marcello para buscar confirmación.

—¿De verdad ha dicho que volvería pronto? ¿Y que vive aquí al lado?

Marcello le guiñó un ojo.

—Mmm, me parece que ha dicho eso mismo. Pero ¡yo nunca escucho las conversaciones de los demás!

11

Tanto pe' canta'*

En general, Massimo Tiberi consideraba el cierre del local un asunto privado, si no íntimo, igual que la apertura, porque el principio y el final dejaban una impronta decisiva en lo demás, de tal modo que era preciso poner en ello la debida atención, como si se tratara de dos rituales propiciatorios esenciales. Pero esa noche Carlotta decidió quedarse un poco y, después de mandar a Marcello a buscar comida china para la cena, miró a su hermano con aire divertido.

—¿Me explicas, por favor, qué pasó esta tarde?

Massimo dejó de barrer el suelo y se volvió hacia ella con una mueca interrogativa, simulando que no la entendía.

—¿A qué te refieres?

—Ya sabes a lo que me refiero, Mina y Mino, solo falta Cristina d'Avena** entonando la sintonía.

Massimo se rio mucho y siguió barriendo el suelo.

---

* «Solo por cantar», canción de Ettore Petrolini.
** Cantante italiana, famosa por interpretar las canciones de apertura de muchos dibujos animados. *(N. del T.)*

—¡Eres un encanto! Está bien, lo admito, es una chica muy mona, pero no nos adelantemos. Casi seguro que no la vuelvo a ver. O, con la suerte que tengo, estará casada o quién sabe qué.

—Te pido un favor, hermano —concluyó Carlotta, poniéndose la chaqueta para marcharse—, no hagas lo de siempre, no quiero tener que consolar a otra chica.

—¿Y por mí no te preocupas nunca?

Carlotta le sonrió y lo besó en la mejilla.

—Siempre. Nos vemos mañana. Buenas noches, y no te quedes hasta tarde mirando Facebook.

Massimo hizo ademán de barrerla con la escoba.

—Buenas noches, sabelotodo, y no te pases con la comida china.

Massimo entró en su casa, encendió la luz y cerró la puerta. Desde siempre odiaba estar a oscuras, quizá por algún atavismo de su infancia que no lograba explicarse.

Todo el mundo estaba al tanto de que por la noche dormía con una de esas luces para niños que se meten en el enchufe y ayudan a combatir la angustia de despertarse en la oscuridad total, a veces proyectando bonitas figuras en las paredes. Lo que nadie sabía era que durante un período de su vida había podido prescindir de ella.

Fue cuando dormía con Geneviève.

Ella le daba toda la luz que necesitaba. Poco antes de caer en brazos de Morfeo, casi siempre después de hacer el amor, Geneviève apagaba la lámpara y lo tomaba de la mano.

Él se la acomodaba contra el pecho y empezaba a respirar de manera acompasada, sin preocuparse. Se quedaba profundamente dormido, tranquilo, sabiendo que para proteger su corazón estaba ella.

Ahora la lucecita se quedaba encendida toda la noche, y para proteger su corazón debía apañárselas solo.

A menudo, Massimo probaba a ponerse la mano sobre el pecho, pero no daba gran resultado: la de Geneviève era distinta.

Después de su marcha a París, Massimo pensó en reformar de arriba abajo la decoración de su piso. Habría cambiado el sofá donde habían hecho el amor, las sillas de la cocina donde habían hecho el amor, la mesa de la cocina donde habían hecho el amor, la cama donde habían hecho el amor, el aparador de la entrada donde habían hecho el amor... Como el suelo no se podía cambiar, habría comprado una docena de alfombras para cubrirlo todo.

Había demasiados recuerdos en esa casa, y también en la de la señora Maria; recuerdos que regresaban para atormentarlo como los fantasmas del *Cuento de Navidad* de Charles Dickens. Pero, a fin de cuentas, aun cuando había fingido odiar aquel verso de Tennyson, en el fondo pensaba que era mejor amar y perder que no haber amado nunca, por eso había decidido no borrarlos de un modo drástico y dejar la casa tal como estaba. Evocar la Navidad con el pensamiento multiplicó sus penas; claro, porque la Navidad hay que pasarla contento y con la gente a la que quieres, no solo, triste y magullado como se sentía ahora. Cierto que aún estaban en noviembre —buen momento para andar con la moral por los suelos y al mismo tiempo en armonía con la creación—, aun así era casi imposible que para Navidad todo estuviese en su sitio. Geneviève no volvería, ni siquiera el romántico más desaforado habría osado esperarlo, pero la ausencia más pesada e irreversible era la de Dario. ¡Cuánto lo echaba de menos a él también! ¿Cómo sería la próxima Navidad? Le parecía haberlo perdido todo: el amor, la amistad, la sonrisa... ¡la felicidad!

A diferencia de otras veces, sin embargo, aquellos pensamientos melancólicos y nocturnos le hicieron imaginar que en algún lugar lo esperaba una sonrisa. Mina volvió a su mente.

En efecto, su hermana tenía razón: si Mina y Mino tuvieran hijos, no serían muy altos, sino Mini. Sonrió por ese juego de palabras idiota que habría horrorizado incluso a Tonino, el mecánico.

Massimo se preparó un sencillo plato de pasta, para no perder mucho tiempo, espaguetis con mantequilla y parmesano rallado, estrictamente al dente. Le gustaban casi crudos; cuando se los preparaba de niño, su madre siempre le decía: «Así se digieren mejor», aunque le servía una ración de casi un kilo y para digerirlos igualmente hacía falta un buen Diger Selz, el de toda la vida.

Massimo cogió el plato y un tenedor y se dirigió al salón: esa noche lo apremiaba encender el ordenador para mirar Facebook. Nunca había sido afecto a las redes sociales ni uno de los que se centran más en enseñar su felicidad que en ser felices realmente. Siempre trataba de aprovechar al máximo el poco tiempo libre que tenía, entregándose a sus pasiones: el arte, el cine y la lectura.

De hecho, nunca le faltaba un libro en el bar Tiberi. En

sus pausas, se sentaba en el almacén y, en lugar de fumarse un cigarrillo, prefería hojear algunas páginas, tratando de evadirse de su entorno cotidiano con la imaginación. Al menos hasta que Dario lo llamaba al orden desde la barra, gritando: «Pero ¿te lo vas a leer todo ahora?».

Massimo cargó el tenedor de pasta, pero lo dejó suspendido en el aire cuando al abrir la página de Facebook encontró dos peticiones de amistad.

Soltó un suspiro nada más ver de quiénes eran (a decir verdad, la reacción se debió sobre todo al ver a una de ellas).

En cualquier caso, también aceptó la amistad de Federica, pero pasó la siguiente media hora mirando las fotos que Mina había compartido en su perfil.

Tenía una sonrisa que, con sus ojos, parecía un juego de pendientes y collar hechos de las mismas piedras preciosas, uno de esos que ves en los escaparates de las joyerías a precios inalcanzables y que piensas que sería bonito alcanzarlos para poder hacerle un regalo a alguien que lo mereciera. Y en este caso el círculo imaginario se cerraba sobre sí mismo, porque ¿quién mejor que Mina podía ponerse las piedras más brillantes sin brillar con una luz reflejada?

Le entraron ganas de escribirle, así que pasó los siguientes veinte minutos pensando en cuál sería la mejor manera de presionar el botón.

Al final optó por un agradecimiento amable y una excusa de lo más trivial para ligar a la manera clásica, como las que empleaba de jovencito los sábados por la tarde cuando iba con sus amigos a pasar el rato a la via del Corso.

Hola, gracias por venir al bar con Federica. Me gustó mucho hablar contigo. ¿Sabes una cosa? Te pareces muchísimo a una chica con la que salí en el instituto.

La verdad, había empezado con una frase idiota a más no poder, evocando en primer lugar una figura que a las mujeres les gustaría ver desaparecer de la faz de la Tierra: ¡la ex! Massimo se quedó esperando a que ella le contestase, y entretanto siguió comiendo la pasta ya fría y pegoteada. Tras el último bocado, convencido de que esa noche no iba a recibir una respuesta de Mina, y arrepentido de haber quedado casi seguro como un tonto, Massimo se disponía a abandonar el campo y apagar el ordenador cuando, de repente, apareció en la pantalla el tan esperado mensaje.

Hola, gracias a ti por aceptar mi petición de amistad y por haber sido tan amable hoy en el bar. Y gracias por compararme tan pronto con tu ex ;) ¿Guardas buenos recuerdos de esa chica, al menos?

Massimo, que por poco no tiró el tenedor sobre el plato, se precipitó hacia el teclado. No pilló el asomo de sarcasmo y respondió a la pregunta con total seriedad.

En realidad, no. No era muy maduro en aquel momento, pensaba solo en divertirme con mis amigos y ella me parecía una atadura, así pues, la dejé de mala manera. Siempre me quedó cierto sentimiento de culpa por cómo la había tratado, y hace un año la encontré en Facebook y le pedí disculpas por haber sido tan insensible, pero ella apenas me recordaba, estaba casada y tenía tres hijos.

Ella respondió:

¡Ja, ja, ja! Se ve que le dejaste una marca. Pero, como mujer, aprecio el gesto.

Massimo sonrió al ver su rostro reflejado en la pantalla del ordenador e intentó acercarse un paso más.

Por cierto, si necesitas algo, incluso cuando estés en el trabajo, escríbeme y me plantaré allí en un momento.

Con eso de «en un momento» quizá se había pasado; en vista de que ni siquiera sabía dónde quedaba la tienda y de la facilidad con la que uno se mueve por Roma, solo con el teletransportador del capitán Kirk se podía hablar de momentos.
Pero no fue esa dificultad lo que hizo que Massimo se sintiera como si le hubieran echado encima un cubo de agua helada, sino la respuesta de Mina.

No hace falta, para cualquier cosa están las dependientas y el camarero del bar de al lado, con el que he tomado un poco de confianza porque lleva los pedidos a domicilio.

Como en los dibujos animados, a Massimo, por la decepción, se le abrió la mandíbula hasta que casi tocó el escritorio y, desalentado, respondió lo mínimo indispensable para disimular el ego dañado después del gancho tremendo que acababa de recibir.

¡Ah! Vale...

Mina decidió entonces acabar la reunión con un nocaut.

Ahora me despido. Estoy esperando una llamada. Hablamos pronto y gracias de nuevo.

Massimo se descubrió sin saber siquiera cómo tirado en la lona, con la cabeza dolorida y el árbitro contando.

Claro, no te preocupes. Gracias a ti. Buena velada.

12

Le Mantellate*

La cara de Massimo era un espectáculo; por la mañana todos lo notaron.

Incluso Marcello, por extraño que fuera, comprendió al entrar en el bar que la cosa no estaba para hojear los periódicos, y menos aún para desayunar como cualquier otro cliente.

El muchacho se apresuró a cambiarse y a ocupar su puesto al lado de Massimo en la barra.

—¿Mala noche?

Massimo le lanzó la mirada feroz que adoptaba cuando, por la tarde, en el momento de bajar la persiana, alguien le preguntaba si estaba cerrando.

Marcello entendió la indirecta y centró su atención en el estanquero chinorromano Ale Oh Oh.

—Esta mañana te veo menos amarillo. ¿Ayer no cenaste arroz?

* «Las religiosas», canción de Giorgio Strehler y Fiorenzo Carpi.

Riccardo, el peluquero, se metió de inmediato en la charla, porque, como solía decir Buh, el profesor paquistaní, «¡Los samuráis no hablan de sus asuntos!».

—Pero ¿por qué crees que el arroz te pone amarillo? Es una cuestión de etnia.

En ese momento, como sucedía siempre en el bar Tiberi, el tema se extendió como un reguero de pólvora y todos se sintieron obligados a dar su opinión, transformando la hora del desayuno en una especie de debate como los de *Porta a porta*.*

Hasta que Luigi, el carpintero, hizo su intervención decisiva, que puso fin a la disputa verbal al sorprender a todo el mundo, como siempre, con su gran sabiduría.

—¿Qué tiene que ver el Etna? ¿Acaso no está en Sicilia? ¿O es que en China tienen uno igual? ¿O es que los sicilianos son amarillos? A mí nunca me lo ha parecido.

Al final, dispensando sonrisas falsas a sus súbditos, llegó la reina Grimilda, que siempre entraba la última en el castillo, porque, dos años después de su regreso a Italia, según decía, todavía seguía luchando con el huso horario.

En realidad, como enseñaba Antonio, el fontanero, aun sin haber vivido en Australia se podía luchar con el huso horario, porque el problema no era el huso horario, sino una simple forma de insomnio.

Carlotta odiaba levantarse temprano, pero más aún odiaba dejar a su hermano a merced de los parientes que infestaban el bar ya a primera hora de la mañana.

* Conocido programa de noticias y tertulias sobre la actualidad emitido por la RAI desde 1996. *(N. del T.)*

Así que, por sentido del deber, renunciaba de buen grado a sus horas de sueño, aunque no por ello iba a mostrarse indulgente tan pronto por la mañana con quienes se cruzaran con ella.

Por fortuna, sus súbditos habían entendido cómo tratarla o, mejor dicho, cómo no tratarla, evitando las clásicas pullas que se lanzaban a diario en el bar, al menos antes de que se tomara el café marroquí que Massimo le preparaba con cariño.

Una vez Marcello había intentado preparárselo por sorpresa, pero el marroquí de Massimo era una de las muchas, o pocas, pruebas de la existencia de Dios.

Y a Carlotta le había bastado con ver el color para darse cuenta de que aquel vasito no sería uno de los escasos motivos por los que valdría la pena madrugar.

Así pues, le había agradecido a su servidor aquella atención no lo bastante dulce y, después de tirar el brebaje al fregadero, le había pedido a Massimo que le preparara «su» marroquí, que pronto pasó a denominarse «el marroquí de la reina».

Carlotta saludó a Massimo con el habitual beso en la mejilla.

—Buenos días, hermano. Por como frunces el ceño me da que no te quedaste hasta tarde mirando Facebook, ¿no?

Sin decir una palabra, Massimo sonrió amargamente y negó con la cabeza.

Carlotta sabía interpretar cada gesto de su hermano, desde la respiración hasta la mirada, pasando por la postura del cuerpo, por lo que de inmediato se dio cuenta de que no convenía insistir en el tema, de manera que, después de hacerle una caricia en el hombro, tomó posesión de su trono detrás de la caja.

El tiempo pasó rápidamente y la hora del desayuno alcanzó su punto álgido, con nuevos clientes que disfrutaban por primera vez del mejor capuchino de Roma y los de siempre, para quienes la hora de desayunar parecía tener comienzo pero nunca final.

Era como aquella canción que decía: «Para la mesa hace falta madera, y para la madera hace falta un árbol». Aquí, para la hora del desayuno hacía falta el bar Tiberi, y para el bar Tiberi hacían falta Luigi, el carpintero; Ale Oh Oh, el estanquero; Buh, el profesor paquistaní; y Riccardo, el peluquero.

Sin embargo, aquella mañana era como si el bar Tiberi necesitase algo adicional para ser perfecto: hacía falta un bang, y para el bang hacía falta un estallido, y para el estallido hacía falta una mina.

Así pues, cuando Mina entró por la puerta, todo el mundo sintió la explosión esperada y el bar Tiberi quedó perfecto.

—Buenos días, me dijeron que aquí hay un camarero que prepara el mejor capuchino de Roma.

Massimo sonrió, Carlotta sonrió, pero Marcello no, porque estaba claro como el día que no se refería a él.

—Hola, ¿qué te trae por aquí? —dijo Massimo haciéndose el distante, como si ver a Mina le diera igual, aunque su sonrisa ancha como la barra delataba su estado de euforia emocional.

—Me dije: tengo el mejor camarero del mundo al lado, ¿por qué no pedirle que me prepare el desayuno?

Massimo miró los ojos de Mina y pensó: «¿Hoy es domingo? ¿Es mi día libre y el bar está cerrado? ¿Qué hago a orillas del mar en invierno bajo el cielo azul? Porque se sabe que el mar es más hermoso los meses de frío, cuando no hay nadie en la playa y todos los sonidos y olores te llegan directamente, sin necesidad de esquivar a nadie».

—Y ese con el que estás tomando confianza al lado de tu tienda, ¿no se ofenderá si hoy desayunas aquí? —Massimo quería dejar claro de buenas a primeras que en la vida de una persona solo puede haber un camarero favorito.

—¡Lo superará! Pero me pareció percibir un asomo de celos, ¿o me equivoco?

Massimo movió la cabeza de un lado a otro y, sin decir nada más, se alejó de la barra, entró en el almacén y volvió a salir con el taburete en el que se sentaba en su pausa para el almuerzo.

Rodeó la barra, pasó por delante de Mina y colocó el taburete enfrente del molinillo, en el lugar más cercano a la máquina de café, al timón del barco, al puesto de mando... a él.

—Por favor, Mina, siéntate. En adelante, este será tu lugar.

Entonces, como en una comedia estadounidense con risas pregrabadas, se oyó entre el público un rumor de sorpresa. De hecho, todo el mundo conocía la centenaria primera regla del bar Tiberi: en la barra no se sienta nadie.

No todo el mundo sabe que la palabra «bar» parece proceder de la barra situada en la base del mostrador, en la que las personas, plantadas en su sitio, apoyan el pie para consumir su bebida con mayor comodidad.

Marcello y Carlotta intercambiaron una mirada, como

para decir: «Esto va en serio». Massimo acababa de poner fin a una tradición histórica del bar a la vista de todos.

No solo había marcado el territorio; había desplegado todas las armas románticas que tenía a su disposición.

Mina se acercó a Massimo y, antes de instalarse en el taburete, en un susurro como para que nadie la oyera, preguntó:

—¿Por qué han dejado todos de tomar café y me miran así?

Massimo le sonrió, arrimando el taburete para que se sentara.

—Te miran así porque te llamas Mina y a mí, desde que nací, todo el mundo me dice Mino. Y porque, desde que existe el bar, aquí no se había sentado nadie.

La chica movió la cabeza con una tímida sonrisa y se sentó. Massimo volvió a rodear la barra y se apostó ante la máquina de café, a pocos centímetros del mundo.

—¿Qué le pongo, señorita? ¿Capuchino y cruasán?

Mina pareció pensárselo, poco convencida.

—La verdad es que soy intolerante a la lactosa y por la mañana desayuno un café con ginseng y una galleta.

Massimo asintió seriamente.

—¿Te fías de mí?

Era una pregunta difícil, que no suele hacerse en relación con un simple café, pero Massimo sabía muy bien que aquel no lo sería. El café marroquí, el café con Nutella, el capuchino Monet o el té negro con rosas ya no bastaban. Se necesitaba algo nuevo, algo especial con que contar esta historia, uno de esos cafés que se te quedan en los labios, la lengua, la nariz, el corazón, uno de esos cafés que son para siempre, como los diamantes.

Mina lo comprendió, por lo tanto decidió confiar en él, también porque en el horizonte, a la luz del sol, no había ningún iceberg contra el que chocar.

—Sí, me fío.

Entonces Massimo puso cara seria, tomó un sobre de café soluble amargo con ginseng y vertió el contenido en una taza un poco más grande de lo normal, a mitad de camino entre la de café y la de capuchino; luego la llenó hasta la mitad con agua hirviendo y revolvió con una cucharilla hasta que el polvo se disolvió por completo, para después coger el jarro de la leche de soja y calentarlo con movimientos lentos, dejando que se formase en la superficie una espuma abundante, que echó en la taza de ginseng casi hasta rebosar, enseguida espolvoreó encima una buena cantidad de cacao en polvo y concluyó con el añadido de un sobrecito entero de azúcar moreno, cuidando de no derramar una gota de aquella obra de arte líquida.

Mina lo presenció todo en un silencio religioso, como hipnotizada por el vaivén de un metrónomo, y cuando tuvo la tacita delante por un momento creyó que había aparecido de la nada. La despertó la voz de Massimo, temerosa y al mismo tiempo curiosa por conocer el juicio de su musa inspiradora.

—Espero que te guste... Y en tal caso tendremos que ponerle nombre.

Justo entonces Mina se dio cuenta de la importancia histórica del momento y el honor que se le había concedido.

Así que se llevó la tacita a los labios, cerró los ojos y bebió un sorbo de aquel instante crucial para el nuevo café que acababa de nacer y estaba a punto de soltar el primer vagido en sus papilas gustativas.

Por un instante, Mina se sintió en casa: en ese microcosmos hecho de gotas de nirvana encontró su mundo. Un mundo de bufandas de organza, *pashminas* de seda, abrigos de tela suave, pero sobre todo de colores vivos que acariciar con la mano.

En su mente volvió a saborear la música y el vocerío de las calles del país natal de su padre, donde la soledad era imposible.

Abrió la boca para hablar, pero se limitó a soltar un suspiro larguísimo y profundo, y fue como si lo dijera todo.

Porque al cabo, respirar y vivir son la misma cosa, y vivir es siempre bueno, vivir es una felicidad por sí sola.

Massimo la observó entre intrigado y fascinado, esperando la respuesta de la mujer que en poco tiempo y sin gran esfuerzo se había vuelto la diosa de sus cafés.

—¿Y? ¿Te ha gustado?

Ante su sorpresa, la chica negó con la cabeza, cosa que lo dejó por un momento consternado, pero de inmediato le dedicó una sonrisa extática que llevó al pobre postulante del infierno al paraíso.

—No; decir que me ha gustado es muy poco para definirlo. Ahora mismo quisiera que me corriera por las venas en lugar de sangre. ¿Cómo lo has hecho? ¡Así! De la nada creas esta magia. Tú tienes un don, no, tienes poderes, como Doctor Strange.

Massimo se rascó la cabeza, a todas luces abochornado, y le dio las gracias en un susurro con la mirada baja.

—Gracias, me alegro de que te guste. Pues lo llamaremos café Mina, porque parece una bomba.

Ambos rompieron a reír, con una de esas risas cómplices, largas y despreocupadas como en un recreo en la escuela, en un jardín, bajo el sol de primavera, que ni siquiera la campana quisiera interrumpir.

Carlotta, que miraba a su hermano desde la caja, también se echó a reír, pero por dentro, sin hacer ruido, porque ella, Marcello y los clientes del bar no tenían nada que ver con aquella risa que parecía un espectáculo de fuegos de artificio estivales, vistos a través de los ojos deslumbrados de un niño.

Cuando Mina salió del bar para irse a trabajar, Massimo se retiró unos minutos al almacén para sentarse con la cabeza apoyada en la pared y los ojos cerrados.

Comenzó a pensar en ella, en ella, en ella, y en el dolor que le había infligido al marcharse para siempre, aquel dolor crónico, casi como una molestia en el cuello o una gastritis.

Tuvo que confesarse que, en presencia de Mina, la molestia había desaparecido durante un rato por primera vez en mucho tiempo.

Mina no era el consabido clavo que saca un clavo, era un toc, toc en la puerta de su corazón y él, después de ver quién era por la mirilla, se sentía tentado de abrir.

13

Che c'e*

Pasaron los días y Mina fue a menudo a desayunar al bar Tiberi, sentada en aquel sitio que para todos se convirtió en el suyo.

Incluso cuando Massimo estaba ocupado sirviendo a la gente de la barra, era Marcello quien se encargaba de ir a buscar el taburete al almacén y llevárselo a ella.

Siempre la miraban con simpatía, por un simple motivo: todos sabían lo mal que lo había pasado Massimo tras la partida de Geneviève, y el hecho de verlo sonreír de nuevo restituía al bar la atmósfera distendida de los viejos tiempos.

Mina también le habría caído bien al viejo Dario, que adoraba a las mujeres solares, capaces de enseñar los dientes blancos, pero sobre todo capaces de reír con los ojos. No las mujeres que atormentan, sino las que dan ganas de cantar.

A Carlotta también le caía bien Mina, aun cuando, de momento, prefería guardar las distancias, a fin de hacerle com-

---

* «¿Qué pasa?», canción de Antonello Venditti.

prender a la chica que la reina Grimilda quería muchísimo al príncipe heredero y que una manzana envenenada no se le niega a nadie, de modo que más valía que se portase bien con él.

Massimo y Mina se acostumbraron a escribirse en Facebook por la noche, justo después de cenar, para contarse cómo habían pasado sus respectivos días y darse las buenas noches.

Pero estaba claro que Facebook se les empezaba a quedar corto y había llegado el momento de dar el siguiente paso.

Fue Massimo quien cortó con los preámbulos y decidió sorprender a Mina una tarde dejándose caer por su tienda.

Cuando Marcello oyó a su patrón decirle: «Marcè, salgo una hora, ocúpate tú del bar», pensó que lo había entendido mal; lo mismo les ocurrió a los clientes de toda la vida presentes en el local, convencidos desde siempre de que Massimo estaba sujeto a la barra por una cadena que no le permitía salir del bar en horas de trabajo.

Riccardo, el peluquero, se frotó la barbilla mirando la dubitativa expresión de Marcello.

—Venga, no te preocupes, ¿cuántos clientes quieres hacerle perder en una hora? Basta con poner un letrero en la puerta que diga: PELIGRO, MARCELLO, como los que hay en los cuartos de contadores con el dibujito de la calavera.

Marcello no devolvió la pulla, entre otras cosas porque estaba preocupado en serio: era la primera vez que se quedaba solo en el bar, y en su mente despuntaron las posibilidades más funestas imaginables.

Sobre todo cuando Luigi, el carpintero, se ofreció a echarle una mano en caso de necesidad.

De hecho, Marcello sabía, como todos los presentes, que la mano del carpintero Luigi era mejor perderla que encontrarla: ya como cliente había volcado varias veces su carajillo sobre la barra en lugar de bebérselo; cabe figurarse qué sería capaz de hacer como camarero adjunto. Solo Dios sabía cómo podía trabajar de carpintero en la vida cotidiana, aunque quizá la explicación residiese en que, como en el caso de muchos otros de los habituales, su oficio fuera un título honorífico más que una verdadera actividad.

Por fortuna, Carlotta llegó para calmar los ánimos y sacar a Marcello del apuro unos minutos después de que Massimo la avisara con un mensaje de texto.

—Tranquilo, yo me encargo de ayudar a Marcello si hace falta, que nací aquí y aprendí a caminar con el andador en el bar, llevándome por delante a los clientes.

Riccardo, el peluquero, asintió con la cabeza, dando a entender que estaba al corriente.

—Tío Pino me contó que la cicatriz que tiene en la espinilla era obra tuya. Siempre me repetía que a caminar habías aprendido con él, a fuerza de darte de morros contra sus piernas.

Massimo llegó delante de la boutique y, como buen romano, aparcó un momento en doble fila, aunque, según su libre interpretación del civismo, escribió como siempre su paradero en una tarjetita y la colocó en el parabrisas bien a la vista.

A pocos pasos de la entrada cayó en la cuenta de que llegaba con las manos vacías, cosa que detestaba cuando hacía una visita.

De modo que echó un vistazo alrededor en busca de una idea, hasta distinguir un bar a pocos metros de la tienda de Mina. Seguro que ahí se hallaba su rival, el de las entregas a domicilio.

Quizá para ver cómo era el misterioso camarero con quien ella había tomado un poco de confianza, Massimo optó por un café con ginseng, a palo seco, solo para subrayar la diferencia.

Con una pizca de desilusión equilibrada por cierto alivio, vio como detrás de la barra una chica negra le preparaba el ginseng para llevar y se lo entregaba con una sonrisa.

Massimo salió del bar con el vaso de plástico en la mano y, antes de entrar en la tienda, espió por el escaparate para ver dónde estaba Mina.

De repente, ella se materializó ante sus ojos, al igual que siempre, como aparecida de la nada, y lo saludó con la mano.

Massimo bajó la vista un momento, consciente de que lo había pillado espiándola a escondidas.

Levantó el vaso de plástico con el café con ginseng como si se rindiera, en plan: «Vengo en son de paz, no dispares», y Mina le hizo señas de que entrara.

Massimo conocía la fama y la belleza de las prendas de la boutique en la que trabajaba Mina, pero una vez dentro se quedó gratamente desorientado por un conjunto caleidoscópico de telas variadas que literalmente cubrían los maniquíes, los escaparates, los estantes y todos los rincones del local, como un conjunto de coloridos globos aerostáticos que flotaran en el cielo hasta el infinito.

—¿Te gusta? —dijo Mina, sacándolo de su estado hipnótico.

Massimo, que seguía mirando a su alrededor, le contestó en voz baja, por miedo a molestar a los clientes de la tienda, como si estuviesen de visita en la Capilla Sixtina.

—Muchísimo. Hasta ahora lo único que les envidiaba a las mujeres eran los cristales de Swarovski, pero en adelante también las envidiaré estas bufandas. Parecen muy suaves.

—Ojo, que las llevan muchos hombres, aunque las de colores menos llamativos. ¿Y qué te trae por aquí? ¿Por casualidad le tienes que hacer un regalo a tu hermana?

Massimo le agradeció para sus adentros esa ayuda inesperada y estuvo a punto de responderle de manera afirmativa, pero de pronto prevaleció la honestidad del corazón y le confesó la verdad.

—La verdad, he venido a verte a ti. Tenía ganas de conocer el lugar donde trabajas. Pero le llevaré algo a mi hermana de todos modos.

Mina le sonrió y luego señaló el vaso de plástico que Massimo tenía en la mano.

—¿Esto es para mí?

Massimo movió los ojos hacia el café con ginseng, como si lo estuviera viendo por primera vez.

—Sí, pensé que te gustaría beber algo caliente. Por supuesto, no es nuestro café Mina, pero sentía curiosidad por ver al otro camarero que te tira los tejos.

De inmediato, Massimo se dio cuenta de que se había ido de la lengua, se maldijo por bocazas y esperó que Mina no se hubiese dado cuenta, pero su esperanza resultó vana.

—¿El otro? ¿Acaso hay un segundo camarero que me tira los tejos?

Massimo se sonrojó visiblemente y trató de ir derecho a lo suyo.

—En fin, ¿quieres o no el ginseng? No se te vaya a enfriar...

Mina le quitó el vaso de la mano y se lo llevó a los labios sin dejar de mirarlo a los ojos.

—Sin duda nuestro café Mina es otra cosa... Sobre los camareros, en cambio, no puedo pronunciarme. ¡No soy imparcial!

Massimo se quedó con Mina unos minutos, pero enseguida la tienda se llenó de gente y tuvo que dejarla volver al trabajo.

Se despidieron. Massimo salió para regresar al bar, pero una vez que subió al coche y colocó sobre el salpicadero la bufanda que había elegido para Carlotta, sus ojos se posaron en el papelito del parabrisas con las palabras: «Estoy en la tienda de enfrente».

Massimo no se lo pensó dos veces y, tras coger el papel, lo volteó y escribió algo en la parte blanca.

Mina lo vio corriendo de nuevo a la tienda. Massimo llegó hasta ella y, sin decir nada, le puso la nota en la mano y se despidió otra vez, disculpándose por la interrupción con la clienta a la que atendía.

Mina no quería estropear el placer leyéndola aprisa entre un cliente y otro, así que decidió esperar a que la tienda estuviese vacía. Al fin sacó el papel y lo desdobló.

La escritura era clara, como su significado. La sacaba de

cualquier duda sobre quién era el otro camarero que le tiraba los tejos. Mina se metió el papel en el bolsillo del pantalón, pero unos segundos después volvió a cogerlo y lo leyó de nuevo.

La frase podía parecer exagerada, en vista de que apenas se conocían, pero en definitiva era un gran paso adelante con respecto a la comparación con una ex, y además le gustaba porque permitía entrever un alma pura, casi ingenua, libre de frenos innecesarios y formalidades. De ahí que no hiciese sino repetirla en su mente el resto de la tarde: «¡Te adoro!».

14

Venticello de Roma*

Dejarse llevar es bonito. Dejarse llevar es perfecto. Dejarse llevar es un acto de fe, y la fe hace bien. Massimo intentaba convencerse de que el arrebato de la tarjeta había sido una excelente idea. Aun cuando en cierto modo habría preferido no hacerlo. Y además estaba la vergüenza. Se avergonzaba solo de pensar en si se cruzaba con ella, hasta tal punto que casi no se atrevía a levantar la vista de la barra hacia la plaza, por miedo a verla aparecer. Además, estaba seguro de que se había marcado un autogol, porque era sabido que las mujeres se enamoraban de quienes eran un poco «inalcanzables», por no hablar de que convenía dosificar la galantería para no cohibirlas. Mina nunca volvería al bar; escaparía de sus atenciones no correspondidas. «¡Yo y mi maldita costumbre de correr a toda máquina!»

En fin, las dudas y los temores de haber parecido intrusivo o fuera de lugar, haberla agobiado y haber quedado como un

---

* «Brisa de Roma», canción de Giorgio Consolini.

idiota o, peor aún, un pesado superaban el placer fugaz de haber dado rienda suelta a sus sentimientos, sin filtros ni miedos.

Pero lo hecho, hecho estaba, y era inútil seguir dándole vueltas a las cosas; ahora solo le quedaba esperar y tener esperanza, como se decía entre un café y otro, sin poder seguir su propio consejo y apaciguar su corazón.

Marcello, que pese a su apariencia hosca daba muestras de una discreta sensibilidad, captó enseguida el terremoto emocional que lo sacudía y se comportó de manera considerada, sin hacerle preguntas incómodas que pudieran ponerlo en un apuro.

Además, había otro pensamiento que, aun estando encadenado de pies y manos en un rincón oscuro de las mazmorras mentales de Massimo, enviaba desde lejos el eco sombrío de sus aullidos. Ese pensamiento tenía un nombre que casualmente sonaba idéntico al de la chica francesa que le había robado el alma. Y es que, a pesar de sentirse atraído por Mina, Massimo no podía alejar el temor de que en el momento menos pensado el fantasma de Geneviève le saltara a la yugular para someterlo de nuevo a la obediencia, por no decir la esclavitud. Y la idea de «desperdiciar» la posibilidad de estar con Mina le disgustaba tanto que se empleaba a fondo para censurarla sin siquiera considerarla, aunque seguía rondándolo.

Lo único bueno de la ansiedad es que a veces hace que el tiempo se acelere, por eso la tarde pasó volando, y hasta que no llegó el momento de cerrar, Massimo no se dio cuenta de que Marcello no se había ido a casa el primero como de costumbre.

—¿Qué haces todavía aquí? —preguntó.

—¿Cómo que qué hago? Espero tus órdenes, jefe.

—¿En serio? ¿Tengo que perdonarte algo?

—Pero no, ¿qué dices? No se puede hacer nada amable sin que de inmediato surja la sombra de la sospecha. Además, no entiendo a qué viene tanto lío, como si fuera una noticia... Mira, yo me quedaría todos los días a echar el cierre contigo, pero me da la impresión de que quieres hacerlo solo. ¿Por qué no me lo dejas a mí una vez? Venga, así puedes ir a casa y relajarte.

—¿Sabes qué? —dijo Massimo—. Tienes razón. Cierra tú. Chao.

Dicho lo cual, se quitó el corbatín y se marchó, con Marcello detrás de él, gritando:

—Pero ¿adónde vas? Lo decía en broma, ¡por hablar!

Y Massimo, en cambio, al parecer se lo había tomado en serio, de modo que ahora le tocaba hacerlo solo.

Al cabo de cinco minutos ya había entrado en pánico: «¿Tendré que desconectar la electricidad? Claro que no, pero ¿el gas? ¿Y la máquina de café?».

En ese momento alguien golpeó la persiana a medio bajar. Menos mal, debía de ser el jefe, que había recapacitado y había decidido volver sobre sus pasos. Pero la figura que se inclinaba para entrar era mucho más delgada y femenina que la del propietario del bar Tiberi.

—¡Buenas noches! —dijo Mina con una voz alegre que, sin embargo, se apagó al final, cuando se dio cuenta de que tras la barra no estaba la persona que imaginaba.

—¿Qué pasa? ¿Tan feo soy? —comentó Marcello, sensible.

—No, por favor, es que no esperaba...

—Estabas buscando a Massimo, ¿no? Todo el mundo busca a Massimo. ¿Qué tendrá de especial que todos lo quieren? Mira, a veces cierro yo, como ves, pero acaba de irse; si quieres lo llamo.

—No, deja, si ya se ha marchado a casa, no importa, no te preocupes —contestó Mina, aunque lo dijo en un tono decepcionado y Marcello se sintió obligado a insistir.

—Si se entera de que has venido y no lo he llamado, me despedirá sin pensárselo, así que haz lo que quieras, pero que sepas que no puedo no llamarlo y que, conociéndolo como lo conozco, volverá en cinco minutos como mucho.

Concretamente, Marcello había hallado la manera de no cerrar mediante un gesto noble; en dos palabras, había ganado en toda regla.

Debe decirse que a Massimo ni siquiera se le pasó por la cabeza la idea de criticar a su colega, porque estaba muy contento de que Mina hubiese ido a buscarlo y regresó en tiempo récord. Entonces Marcello, a quien no le apetecía nada hacer de carabina, se despidió y desapareció a toda prisa.

Parecía un sueño estar solos en un bar.

—¿Quieres un ginseng preparado como Dios manda?

—No, no quiero nada. Solo quiero agradecerte la nota.

Massimo se sonrojó hasta las orejas.

—Ah. Temía que fueses a expatriarte para no volver a verme.

—Sí, de hecho vengo a despedirme... —contestó ella, pero no consiguió mantenerse seria mucho tiempo—. Pero no, hombre, si eres un dulce. ¿Sabes?, creo que a menudo la gente tiene demasiado miedo de decir lo que piensa, para bien o para mal, y me da la sensación de que nunca se atreve. En cambio, tú te atreviste.

Mina no le lanzó esas frases por hablar; le estaba haciendo una invitación a seguir siendo valiente, a confiar en los sentimientos, en la famosa vocecita interior que te dice, o aconseja, que escuches a tu corazón, que pierdas la cabeza, aunque solo sea un minuto. Porque en un minuto pueden pasar muchas cosas que no suceden en una vida entera. Y Massimo escuchó su voz interior, se armó de coraje y convirtió aquel minuto en un recuerdo que debía guardarse celosamente en el álbum de una historia, que se escribe con la pluma al pie de la primera página: «El comienzo de todo».

—¿Quieres salir a cenar conmigo?

El coraje ayudó, pero no fue la voz interior la que habló, sino Massimo, que la hizo salir de sus labios en un susurro tembloroso, como preocupado de que la muchacha aceptara, porque aunque tú puedes dormir, tus demonios nunca duermen. Por fortuna para ambos, Mina sabía estallar de muchas maneras —de rabia, de felicidad, de pasión—, y cuando una mina explota, el bang se oye siempre. Así pues, la respuesta de Mina llegó a oídos de los demonios de Massimo alta y clara y los puso a dormir al menos por el momento.

—Claro, me encantaría. Pero yo elijo el restaurante.

15

Canta si la voi canta'*

El restaurante indio Jaipur era un mito para los amantes de la cocina étnica, pero Massimo, que no entraba en esa categoría, nunca había oído hablar del local. Mina solo le había dado cita en la dirección precisa, sin adelantarle nada del sitio donde cenarían, y a él no le preocupaba demasiado saberlo: solo quería salir con ella.

Ese día cerró el bar media hora antes, pese a tener que echar a empujones a los que intentaban boicotearle la velada enfrascados en peroratas imprescindibles sobre el tráfico romano o los perros de caza más fiables.

—Venga, a ver si te enteras, Luì, me importa un pito si Cassia está en obras. ¡Te tienes que ir! Esta noche tengo algo importante que hacer y no puedo perder tiempo.

Massimo entró en el restaurante y de inmediato percibió el perfume de aromas lejanos, de ingredientes que parecían colores capaces de pintar un mundo desconocido para él.

* «Canta si la quieres cantar», canción de Cesare Andrea Bixio, Enzo Bonagura y Ferrante Alvaro De Torres.

Unas vistosas cortinas de seda colgaban unas sobre otras de las vigas de madera oscura del techo, dejando que algunos bordes cayeran sobre las paredes que delimitaban la sala.

Massimo echó un vistazo fascinado a su alrededor, hasta que en su campo de visión entró el detalle más emocionante del local: Mina, sentada a una mesa, esperándolo.

—Hola, discúlpame si te he hecho esperar.

Mina no hizo nada por ocultar su alegría de verlo y movió la cabeza de un lado a otro.

—No, para nada, en realidad llegas temprano, pero he preferido entrar porque tenía que hacer unas llamadas de trabajo y quería hacerlas cómodamente sentada. ¿Y? ¿Qué te parece el sitio?

Massimo volvió a mirar a su alrededor y asintió.

—Es estupendo. Confieso que al principio creí que me había equivocado de lugar, pero me tranquilizó tu mensaje de texto diciendo que me esperabas dentro. ¿Te gusta la cocina india?

—Estuvimos aquí con mis padres y mi hermana la primera vez que vinieron de Verona a visitarme. Mi padre es indio y mi madre, italiana. Por eso los traje, quería sorprender a mi padre y sabía que este era uno de los mejores restaurantes indios de la ciudad.

Mientras tanto, el camarero se había acercado a su mesa para tomarles nota. Mina, sin perder tiempo, pidió dos menús degustación y, después de averiguar que a Massimo le gustaba el vino, añadió una botella de blanco.

—Perdona que me haya tomado la libertad de pedir por ti, pero quiero que pruebes las especialidades de la casa, y el menú degustación es la mejor manera de hacerlo.

—No te preocupes, has hecho bien, quiero probar todo lo que pueda y me fío de ti. Pero háblame de tu familia, me pica la curiosidad. No imaginaba que fueras de origen indio.

—Bueno, digamos que mi hermana Miriam salió a mi padre y tiene la tez morena y los ojos oscuros. Yo me parezco más a mi madre, que es blanca cadavérica y tiene ojos azules. Tal vez lo único que delata mis orígenes sea mi pelo, pero no tanto.

Massimo la escuchó fascinado, sin apartar los ojos de los suyos.

—Tienes un cabello precioso, como todo lo demás. Pero, dime, ¿vas mucho a Verona a ver a tus padres?

La cara de Mina se ensombreció de tristeza, aunque por fortuna esa noche el buen humor era más fuerte que todo lo demás.

—No tanto como quisiera. Pero ya estoy acostumbrada: desde que era pequeña siempre he estado de viaje, me encantan los idiomas y la moda, y he vivido bastante tiempo en el extranjero. En cualquier caso, estamos muy unidos. Mi familia es lo más importante que hay para mí; sin ella me sentiría perdida.

Entretanto, el camarero llegó con los primeros platos del menú degustación.

El aroma de la comida llenó el espacio entre los dos comensales y los teletransportó a la India por el tiempo que dura una cena.

Entre bocado y bocado, la conversación continuó amablemente. Massimo y Mina tenían mucho que decirse y descubrir el uno del otro, y mientras que la vida de Massimo tenía algo de libro abierto y se reducía a anécdotas de bar, la de Mina resultó ser mucho más fascinante.

—¿Me estás diciendo que toda tu familia trabaja para el mismo periódico?

—Sí, mis padres se conocieron siendo los dos empleados del diario *L'Arena* de Verona; mi padre era un operario especializado en rotativas y mi madre era secretaria de redacción. Mi hermana es la evolución de la especie: es periodista y se ocupa de la sección de cultura y espectáculos.

Massimo bebió un sorbo de vino y le sonrió con los ojos. Estaba contento, se notaba desde lejos, no recordaba la última vez que había pasado una velada tan bonita, tan plena, tan «ojalá se detuviera el tiempo y todo siguiera igual unos diez años».

A decir verdad, sí que recordaba cuándo se había sentido así por última vez y, sobre todo, con quién.

Es bien sabido que las mujeres tienen un sexto sentido para los asuntos del corazón, conque Mina pudo leer en su interior y se dio cuenta de que él quería hablar de ello, amén de que a ella le intrigaba saber por qué un hombre como aquel estaba soltero, por consiguiente le hizo la pregunta fatídica.

—Y sobre el amor, ¿qué me dice, señor Tiberi? ¿Esconde algún corazón roto en el armario?

Massimo se limpió la boca con la servilleta, tratando de contener un largo suspiro.

—Sí, el mío.

Después Massimo le contó a Mina de una francesa, le habló de la nieve que cae de improviso y se te mete en el cuello de la camisa, del jarrón roto contra su cabeza, de las innumerables bandejas con teteras y el equilibrista, del té negro con rosas, de los cafés, del viaje por las fuentes, de su viaje a París, de aquel amor, su final y su propia pena.

Mina, en mitad de la historia, le tomó la mano para ya no soltársela, a fin de acompañarlo en ese doloroso recorrido hacia atrás en el tiempo; en realidad se la soltó una vez, pero solo para hacerle una caricia en la mejilla.

Fue un gesto instintivo, natural, tan sorprendente que Massimo apoyó su mano sobre la de ella por miedo a que la quitara enseguida, reteniéndola unos segundos más sobre su mejilla. Y para amoldársela mejor, casi como si quisiera fundirla con su piel, inclinó la cabeza de lado, cerró los ojos un largo momento y saboreó la dulce belleza del gesto, uno de esos que un día se les cuentan a los nietos para explicarles cómo se reconoce un enamoramiento.

—¡Y ya! Ahora tú también lo sabes todo sobre mí. Como ves, mi corazón no está del todo como nuevo, tiene una buena abolladura, pero si te lo llevas te hago un descuento.

—La verdad, mi corazón tampoco es perfecto. Aunque tal vez no esté tan abollado como el tuyo, digamos que está rayado.

—Lo siento. Una parte de mí, sin embargo, es egoísta y se alegra. Si hubieras sido feliz con otro hombre, seguro que ahora no estarías aquí cenando conmigo.

En aquel instante, él le devolvió la caricia y ella se preguntó por qué la mejor manera de apreciar una caricia es cerrando los ojos: quizá porque así se siente mejor el calor de la piel, la energía positiva del gesto.

Cuando volvió a abrir los párpados, su mirada se encontró con la de Massimo y fue un poco como estar en casa. No en Verona con sus padres, ni en ninguna otra en la que hubiese vivido hasta entonces, sino en la casa en la que le gustaría vivir a partir del día siguiente para quedarse en ella definitivamente.

—Tal vez habría estado aquí cenando contigo de todos modos, porque el ser humano no busca la felicidad, que se puede encontrar de muchas maneras, o en muchos sitios; lo que buscamos es el amor: una casa para toda la vida.

Continuaron hablando sin pausa, pasando de los temas más profundos a las palabras ligeras que provocan la risa y ponen de buen humor.

Al final de aquel largo viaje disfrazado de cena, ella le preguntó por los platos que más le habían gustado.

Massimo se echó a reír y, poniéndose un dedo debajo de la barbilla, fingió que pensaba.

—Pues no sé, sin duda el cordero marinado con especias y yogur ha hecho que mi paladar vibrara de placer, también las patatas picantes y la crema de berenjenas, pero el *paneer* fresco, creo que se dice así, servido con los tomates picantes fue una de las cosas más ricas que he probado en mi vida.

Mina asintió satisfecha y apuró el último trago de vino que le quedaba en la copa.

—Me alegro de que te haya gustado todo. ¿Sabes qué me apetecería ahora? Tu café Mina, o más bien nuestro café Mina, pero no creo que aquí sepan prepararlo.

Sin decir una palabra, Massimo se levantó de la mesa y se alejó. Mina lo vio hablar bajito con el dueño del restaurante, que al cabo soltó una risa y le dio una palmadita en el hombro. Massimo metió la mano en el bolsillo de sus vaqueros, sacó algo y se lo mostró a su nuevo amigo indio, que siguió riendo cada vez más fuerte y le mostró la máquina de café que estaba junto a la caja.

Unos minutos después Massimo volvió a la mesa con un café Mina.

—¿Cómo lo has hecho?

—Fácil, le dije al dueño la verdad: que desde que te conocí siempre llevo encima un sobrecito de café soluble de ginseng para preparártelo en caso de que te apetezca, dondequiera que estemos. Al principio no me creyó y pensó que estaba loco, luego saqué el sobrecito y se lo mostré. Así que me dio permiso para usar su máquina de café y me proporcionó todo lo que necesitaba: leche de soja, cacao en polvo y azúcar moreno.

Mina movió la cabeza, llevándose la tacita a la boca para probar la creación de Massimo como camarero visitante.

—Pero tú estás loco. Madre mía, qué rico está. Gracias, mi héroe.

Le respondió haciéndole una reverencia, feliz de haber podido complacerla.

—A su servicio, milady.

Luego salieron del restaurante y se dirigieron a la plaza Santa Maria in Trastevere, a pocos cientos de metros del restaurante.

A pesar de la época del año, la noche no era fría, y muchos romanos se habían sumado a la multitud de turistas que, como siempre, llenaban las callejuelas del Trastevere para disfrutar de la belleza de una ciudad en la que brillaba el sol aun de noche. Y tal vez la belleza del lugar lo animó a tomarla de la mano. Luego Massimo entrecerró los ojos y se centró en el momento: era una delicia caminar agarrados, compartir la calle con una persona especial; en el fondo era una forma de contacto espontánea y directa, más íntima de lo que cabía imaginar: sentías al otro y sobre todo le hacías sentirte.

Pero saber que también ella tenía una herida sentimental no lo tranquilizaba; en pocas palabras, quería saber más detalles de esa historia, si bien al mismo tiempo tenía un poco de miedo y lo asaltaban unos celos insensatos; luego pensó que a fin de cuentas la había aburrido con su historia de amor durante media hora, conque lo cortés sería ofrecerse a escucharla de la misma manera.

Transcurrido un tiempo indeterminado, le preguntó:

—¿Quién te arañó el corazón?

Mina miró los antiguos adoquines de la ciudad.

—Un chico del que creía estar enamorada. Al principio, quizá para conquistarme, fue muy considerado, amable, atento...; sí, en pocas palabras, me cuidaba de verdad. Después, poco a poco, se fue poniendo distante, inconstante, pedante y muchas otras palabrejas que terminan en «ante». Pasaba de mí, no le importaba dónde me encontraba ni si estaba bien, no me esperaba despierto... Hasta que caí en la cuenta de que con él estaba desperdiciando mi vida, que no era feliz y que con toda seguridad nunca lo sería. De modo que lo dejé, para descubrir poco después, por casualidad, que él no solo no estaba apenado por el final de nuestra historia, sino que se entretenía con una colega suya, quizá desde cuando aún estábamos juntos.

Massimo entrelazó mejor los dedos de su mano con los suyos, casi como para decir con el cuerpo: «Ahora estoy yo».

—Un buen arañazo...

—Ya solo queda una marquita pequeñita, por suerte —contestó ella, con un asomo de sonrisa.

Llegaron frente al bar Tiberi. La persiana cerrada siempre le causaba un efecto extraño, quizá porque todos los habitantes del barrio estaban más acostumbrados a verla abierta que cerrada desde hacía unos cincuenta años.

Massimo dejó la mano de Mina y la miró a los ojos.

—Estaba pensando que estos últimos días, es decir, desde que nos conocimos, nunca te pregunté dónde vives exactamente. Si no me equivoco, me dijiste que no muy lejos.

Mina volvió a tomarlo de la mano, como si no pudiera prescindir de apretársela.

—Pues la verdad es que vivo en esta plaza. Esas son mis ventanas, así pues, cuidado con lo que haces, que te estoy vigilando.

Con una sonrisa, Mina indicó las ventanas del edificio que estaba enfrente del bar, y Massimo sintió un escalofrío en la espalda. De todas las casas disponibles en el universo, Mina había acabado justo en esa. Levantó los ojos al cielo en busca de una señal de Dario o de la señora Maria y le pareció verlos sonreír con suficiencia y sorna.

No se lo podía creer, sabía que el destino a veces nos gasta bromas, pero aquello de veras había sido jugar sucio. Además, como el resto del edificio estaba ocupado por los vecinos de siempre, no cabía duda de cuál era el piso de Mina.

Parecía que, de un modo u otro, el amor siempre lo conducía de vuelta allí, como si viviera dentro.

—¿Pasa algo? Te has puesto blanco, ni que hubieras visto un fantasma. ¿Me acompañarás a la entrada?

Como de un tirón, la voz de Mina lo trajo de vuelta al presente, y no le quedó más remedio que asentir y dirigirse con ella hacia esa puerta que por desgracia tan bien conocía.

—Claro.

Massimo habría querido desaparecer, le faltaba el aliento, se sentía mareado y hasta le parecía que se le sincopaban los latidos del corazón. En pocas palabras, le quedaba poco tiempo de vida, y encima estaba echando a perder el momento decisivo en que, después de una cena y un paseo, los astros suelen auspiciar la conclusión romántica de la velada. Pero estaba claro que estos opinaban algo muy diferente, porque aún le tenían preparado un golpe de efecto más. De hecho, a Mina, que no lograba explicarse aquel pánico repentino, se le cayeron las llaves de casa. Por un reflejo condicionado propio de su educación, Massimo se agachó a recogerlas, sin embargo, como si hubiese un campo magnético invisible, el recuerdo de haber vivido la misma escena en otro tiempo, con otra, le impidió completar el gesto y lo dejó a medias, casi jadeante.

Así pues, fue Mina quien recogió las llaves, para luego lanzarle una mirada interrogativa al hombre que, pocos minutos antes, le había cedido el paso al salir del restaurante, sosteniéndole la puerta.

—¿Seguro que estás bien? ¿Quieres subir un momento para beber algo? No tengo mucho que ofrecerte, pero si te apetece puedo prepararte un té. Encontré una caja en el armario de la cocina. Debió de ser de la anterior inquilina del piso. Por si acaso, miramos la fecha de caducidad.

Lo único que faltaba era el té. Realmente, aquello se pasaba de la raya. «Tienes que huir lo más lejos posible antes de que se te reabra la herida del corazón, ¿a qué esperas? ¿Sabes que tal vez ya es demasiado tarde? ¿Te acuerdas de que te habías jurado que nunca volverías a pisar esa casa infestada de recuerdos?», decía sin ambages su vocecita interior.

Massimo levantó la vista para mirar a Mina y asegurarse de que no se trataba de Geneviève, y entonces recordó que Mina esperaba una respuesta.

—No, tienes razón, no me encuentro nada bien —dijo con esfuerzo, con una voz que parecía ajena—. Debí de coger frío o beber demasiado; no estoy acostumbrado. Lo siento, pero preferiría irme a mi casa, total es aquí cerca. Gracias por esta velada tan encantadora.

Y, después de darle un beso rápido en la mejilla, se marchó a toda prisa, dejando que la pobre chica se debatiera con la pregunta de qué habría hecho mal.

16

Nina si voi dormite*

Carlotta se despertó de un salto, segura de que había oído sonar el telefonillo del portero automático.

Miró la radio reloj de la mesita de noche: la una y media.

Si alguien te busca a la una y media, no puede ser por nada bueno. Pero tal vez fuese su imaginación, los restos de un sueño demasiado realista. Justo cuando estaba volviendo a relajarse, sonó de nuevo el pitido, más intenso y largo que la primera vez.

En ese momento, Carlotta se preguntó si era más urgente comprobar quién tocaba el timbre en plena noche o asegurarse de que su novio siguiese vivo, pues dormía a su lado sin inmutarse, como si no hubiese pasado nada.

Al final optó por las dos cosas: le dio una buena sacudida a la momia que yacía a su lado y se levantó para ir a ver a quién debía borrar para siempre de su vida.

Marcello acabó por abrir los ojos y, de vuelta en el mundo

* «Nina, si duermes», canción de Romolo Leonardi y Amerigo Marino.

de los vivos, vio a su novia salir de la cama hecha una furia; poco después oyó su voz acalorada, pero las palabras le llegaron apagadas y confusas.

Cuando abrió la puerta de casa para dejar entrar al importuno, Carlotta tenía la intención de recibir a aquel invitado de honor con la amabilidad que merecía un recaudador de impuestos, pero enseguida, al ver a Massimo pálido como la muerte y con los ojos desorbitados, su enfado desapareció para dar paso a una sana preocupación de hermana.

—No, pero ¿os dais cuenta?

Sentados a la mesa de la cocina en compañía del pobre Massimo, los soñolientos Carlotta y Marcello se daban cuenta, con creces.

—Es una coincidencia increíble. Es como una de esas películas en las que las cosas tienen que pasar porque lo quiere el destino.

—Sí —contestó Massimo—, pero si lo ves en una película a lo mejor te parece un poco traído por los pelos, y lo mismo dices que es una historia poco probable, y en cambio...

Marcello, con la cabeza apoyada en la mano y el codo apoyado en la mesa, intentaba mantener los dos ojos bien abiertos, esfuerzo que no le daba buenos resultados, pues parecía estar haciendo puntería, con un ojo cerrado y el otro a medio abrir.

—Claro, es muy raro que, con todas las mujeres y las casas que hay en Roma, hayas ido a buscarte justo a la que vive en la de tu ex. Casi parece que lo hayas hecho a propósito. ¿Has pensado en el subconsciente y todo ese rollo?

Carlotta y Massimo miraron entre asombrados y admirados a Marcello, que no se lo tomó muy bien.

—Vale, lo pillo: creéis que un ignorante como yo no sabe nada del subconsciente. Pero ¡soy un hombre de mundo!

Carlotta asintió con aire condescendiente y luego miró con cara seria a su hermano.

—Y ahora ¿qué vas a hacer?

Massimo se agarró la cabeza con las manos, hincando los dos codos en la mesa.

—No lo sé. Esta noche he pasado una de las veladas más bonitas de los últimos dos años. Hacía mucho que no me sentía así: feliz, pleno, sin sombras ni gusanillos en la cabeza. Después me quedé aturdido y paralizado. Tal vez sea un regalo de la señora Maria, para compensar el de antes, que no salió muy bien. O tal vez fue Dario.

Marcello sacudió la cabeza, poco convencido.

—O tal vez es simple mala suerte.

Massimo consiguió sonreír un momento, se enderezó y apoyó la espalda en la silla.

—Sí, probablemente es cuestión de mala suerte. A estas alturas, como canta el gran Lucio, «solo lo descubriremos viviendo» y, como añadiría Baglioni, «yo me marcharía».

Dicho esto se levantó, le dio un beso a su hermana, un apretón de manos a Marcello y se dirigió a la puerta.

—Gracias, chicos, siento haberos despertado, pero necesitaba un oído amigo. Nos vemos en el bar dentro de unas horas. De hecho, casi, casi que voy a abrir directamente.

Carlotta lo abrazó fuerte y le dio un ligero beso en la mejilla.

—Nos vemos en un rato, hermano, y no te preocupes, ya verás que todo sale bien; como diría Nicholas Sparks, hay que seguir «el sendero del amor».

Marcello se espabiló y, poniéndose de pie, hizo su aportación.

—¿Esa no es la película en la que la chica muere al final? O el chico. En fin, seguro que vosotros, los sabiondos que leéis los libros, me diréis que en el libro la historia es totalmente distinta.

17

Stornelli antichi*

—Por las ojeras que traes me da que necesitas comer un huevo crudo. ¿Noche intensa, querido Mino? —dijo Riccardo.

Luigi, el carpintero, intervino enseguida, porque en materia de chanzas él y el peluquero se habían convertido en una pareja de hecho, como la silla de montar y el caballo.

—Lo mismo ha vuelto a rondar por el Trastevere el gato en celo que una noche sí y la otra también no dejaba dormir al pobre Antonio, el fontanero.

En ese punto, como de costumbre, el bar Tiberi se convertía en una prolongación de *Zelig*, y los cómicos subían a escena uno tras otro para dar vida al espectáculo de siempre.

Así pues, le llegó el turno al estanquero chinorromano Ale Oh Oh, que, después de seguir un curso acelerado sobre la historia del bar Tiberi impartido por Riccardo, el peluquero, a quien a su vez había preparado su tío Pino antes de marcharse

---

* «Viejos estribillos», canción anónima romana.

a Turín, conocía la vida, muerte y milagros de todos los personajes históricos que habían caminado por aquel escenario.

—*Pelo* Antonio, el *fontanelo*, no *muelto*, *¿veldá? ¿Pol* qué dices *«poble»*?

Marcello, hasta ese momento ocupado en llenar las neveras, asomó solo la cabeza para hacer su contribución.

—¡Pero qué *muelto* ni qué ocho cuartos! Que no, hombre, Antonio, el fontanero, está vivito y coleando, y no es *poble* porque esté *muelto*, sino porque nunca tiene un duro.

Y el broche de oro de la primera parte del espectáculo no podía ponerlo sino el profesor paquistaní Buh, con una de sus perlas de sabiduría milenaria.

—¡Lo duro es cobrarle!

Massimo esbozó alguna que otra sonrisa tirante, pero no lograba participar de la comedia. Había pasado la noche dando vueltas en la cama, preguntándose cómo debería haberse comportado con Mina, y se sentía como un idiota por tener aquella deuda insensata con la historia ya terminada con Geneviève.

Pero hay mujeres que pueden cambiarte el día, la expresión, el humor y la vida solo con su presencia.

Así, cuando Mina entró en el bar Tiberi, Massimo recuperó el color y empezó a sonreír.

Aquella sonrisa perfecta de Massimo no escapó al populacho del bar, que la aprovechó para proseguir tras el entreacto del cabaret.

Pero él ya no los veía ni los escuchaba. Solo tenía ojos y oídos para Mina, sentada en su sitio de siempre, bebiendo su leche de soja manchada de café.

—Sabes, Mino, estaba pensando que a los clientes deberías cobrarles una entrada con el desayuno. En algunos restaurantes está de moda representar obras de teatro durante la cena. He oído hablar de una de suspense que se titula *Cena con el asesino*.

—No es mala idea, pero me parece que al final todos querrían ser el asesino para quitar de en medio a los actores.

Mina se echó a reír, y a él le pareció que el bar se iluminaba.

—Por cierto, quería disculparme por marcharme anoche. Creo que no estoy acostumbrado a la cocina exótica.

—No pasa nada, delicaducho, solo significa que la próxima vez te llevaré a una pizzería —bromeó ella, e inclinó la cabeza hacia un lado, con la mano debajo de la barbilla.

Al oír la palabra «pizza», los ojos de Massimo se encendieron y una expresión de júbilo se dibujó en su rostro.

—¡Me encanta la pizza! Es mi plato favorito. La llamo la comida del condenado a muerte, en el sentido de que si lo fuera, para mi última cena pediría pizza margarita, patatas fritas, Coca-Cola y una copa de helado de chocolate negro con doble ración de nata.

Mina sacudió la cabeza, divertida.

—¡Parece el almuerzo favorito de un niño de cinco años! A mí también me encanta la margarita, y con salchichón encima, pero con este rollo de la intolerancia a la lactosa ya no puedo comerla.

—¡No! Qué tragedia, ¡lo siento muchísimo! Y pensar que aquí al lado está una de las pizzerías más famosas de Roma, donde preparan una margarita riquísima...

Mina hizo una mueca de decepción, pero enseguida volvió a sonreír, porque cuando estás bien con alguien, tienes que demostrarlo todo el tiempo.

—Pues sí, es una pena, aunque te acabas acostumbrando. Las tragedias son otras, ¿no?

—Es cierto; de todos modos, renunciar a la pizza me parece un sacrificio bastante grande. ¡Siempre he dicho que la intolerancia es horrible!

La tarde siguiente se presentó una buena oportunidad para sorprenderla, y Massimo, a quien le chiflaban las sorpresas, no la desaprovechó. Mina le había dicho que tenía que quedarse en la tienda hasta las ocho para hacer el inventario, y él se plantó delante puntualmente con su Smart (un recuerdo de Tonino, el mecánico, que se lo había dejado a precio de ganga antes de irse: «Me lo agradecerás y pensarás en mí cada vez que tengas que salir a dar una vuelta en coche por Roma»).

Llegó con unos minutos de anticipación para no arriesgarse a que ella se le escapara por un pelín. Empezaba a preocuparse en serio por ella, como si fuese su novia. Al pensar en ello sonrió, pero, por un momento, una sombra se cernió sobre su corazón y su mente regresó a Geneviève sin que él pudiese evitarlo. Por fortuna, Mina, que lo había visto nada más salir, se acercó a la puerta del coche para salvarlo de sus ideas y devolverle la luz del sol, ese sol que faltaba en su vida desde hacía tanto tiempo.

—¡Menuda cara traes! ¿En qué estabas pensando, cariño?

Massimo la miró abrocharse el cinturón de seguridad. ¡Le

había dicho «cariño»! Hasta entonces no se dio cuenta de que nunca había sido el cariño de nadie, quizá su madre lo llamara así de niño, pero había pasado tanto tiempo que le costaba incluso recordar sus abrazos. En cambio, le gustaba ser el cariño de Mina y en su fuero interno esperó que en adelante ella siempre lo llamara así.

—¿Tan mala pinta tengo? Y sin embargo estoy muy contento de verte. ¿Y tú?

Mina le sacó la lengua y se echó a reír con toda la cara, como hacía a menudo.

—Mmm, pensemos... Sí, yo también estoy contenta.

—Pero no pareces muy sorprendida.

—Bueno, digamos que después de todas las preguntas que me hiciste sobre a qué hora salía y esto, lo otro y lo de más allá, un poco me lo esperaba. —Y nada más ver su cara de desilusión añadió—: Solo un poquitín, eh.

En esto, Massimo se volvió, cogió del asiento trasero una caja de pizza para llevar y la puso sobre las rodillas de Mina.

—Venga. Antes de que se enfríe.

—Pero... ese era el aroma que me estaba dando hambre —dijo ella abriendo la caja.

—¡Una margarita con salchichón para la señora! Ya cortada y lista para comer. La mozzarella, por supuesto, sin lactosa. Pensé que el inventario te daría hambre.

Massimo estaba satisfecho por haberla sorprendido. Y, sobre todo, se alegraba de verla contenta.

—No sé qué decir. Siempre eres tan considerado... tan perfecto. Pero quiero que te la comas conmigo; aparca donde puedas antes de que se enfríe.

Encontraron un sitio en una callejuela cercana. Una brisa fría siseaba en torno al habitáculo, lo que hacía del coche un lugar aún más acogedor.

Comieron en silencio, lanzándose de reojo algunas miradas, solo para comprobar que el otro estaba de veras allí, sentado en aquel restaurante tan sui géneris.

Al terminar, Massimo cogió la caja vacía y la colocó detrás, antes de ofrecerle a la chica una botella de Coca-Cola de las viejas.

—¡No sabes lo que tuve que insistir para que me la diesen de vidrio!

—Y lo bien que has hecho; así es otra cosa.

Enseguida volvió el silencio, pero no un silencio hecho de ausencia, sino lleno de energía, sugerencias y sentidos. La penumbra los rodeaba como un abrazo que protege del mundo y, conforme se retiraban los colores y se difuminaban los detalles, se encendían la fantasía y las expectativas. El tráfico de fondo se iba alejando mientras las respiraciones calmadas de los dos tomaban el lugar de las palabras. Luego sintieron la necesidad de aproximarse. Se miraron de cerca, sabiendo que nunca olvidarían ese instante. Si el tiempo es relativo, si no se puede medir ni cuantificar, hay momentos que valen por toda una vida, porque te acompañarán para siempre. Lo que cuenta es el amor con que se viven esos instantes.

Sabían que iban a besarse, pero primero se abrazaron para sentirse aún más cerca y prolongar esa espera mágica y un poco torturante. Cada gesto parecía una primera vez —la mejor primera vez posible— y los dos olvidaron que se hallaban en un coche aparcado y se encontraron de pronto en otra dimensión espaciotemporal.

Luego, finalmente, Massimo la besó, y fue un beso distinto, profundo, intenso y largo, de los que, al darlos, pones la mano detrás de la nuca y masajeas lentamente el cabello.

La besaba y la acariciaba, luego su cuerpo le hizo darse cuenta de que quería más, y el de Mina otro tanto.

Ella repitió «espera» varias veces, como si tuviera miedo de que él fuese a marcharse y dejarla sola, pero Massimo no quería ir a ninguna parte, porque no existía ningún otro sitio donde hubiera preferido estar en ese momento. Así que la atrajo hacia él, apretándola suavemente y moviendo las manos hacia arriba y hacia abajo, por la espalda y los brazos de Mina, intentando alejar su sensación de frío, a fin de darle a entender que a partir de aquel día él estaría siempre a su lado para calentarle el corazón.

A veces se conoce a una persona y se experimenta en poco tiempo un sentimiento muy intenso. Y a veces no podemos evitar sentirnos tan unidos a esa persona que nos convencemos de que hemos nacido solo para estar con ella y que formará parte de nuestra vida eternamente.

18

Vecchia Roma*

Desde niño, cuando era feliz o estaba triste, Massimo sentía la necesidad de desahogarse corriendo.

Lo había hecho después de superar con creces un examen oral que le preocupaba mucho, dejando pasmados a sus compañeros de clase cuando echó a correr como un loco con la mochila, los jeans y los zapatos Timberland nada más salir de la escuela. Lo había hecho el día después de que Geneviève se fuese la primera vez y de nuevo la segunda, en ese caso vestido de camarero, de manera que algunos vecinos del Trastevere, al verlo pasar a toda máquina en uniforme de trabajo, pensaron que perseguía a un ladrón y fueron tras él para ayudarlo a capturar al malhechor.

Esa madrugada, sin embargo, Massimo decidió correr porque su corazón rebosaba de felicidad. Aunque había dormido muy poco, sin dejar de evocar ni un momento lo que había ocurrido la noche anterior en el coche, repasando men-

* «Vieja Roma», canción de Mario Ruccione y Luciano Luigi Martelli.

talmente y en cámara lenta cada minuto que había pasado con Mina, Massimo se levantó de la cama y salió de casa a las cuatro de la mañana para correr.

Toda Roma seguía dormida, y su semblante estaba tranquilo, distendido en un sueño profundo y reparador; incluso se oía el correr del agua de las fuentes en las calles, semejante al ligero ronquido de un anciano o un recién nacido, sumido en un dormir sin sueños.

Massimo recordó la vez que le había preguntado a su padre por qué esos cientos de fuentes no estaban provistas de un grifo para evitar ese terrible desperdicio de agua; y su padre le había contestado que se utilizaban para limpiar los sumideros de la ciudad, como si fuese un perpetuo desagüe en el baño. Massimo no había quedado satisfecho, porque si bien entendía la utilidad de la cosa, esperaba un motivo más noble, más romántico.

En cualquier caso, Massimo corrió una hora y media entre mil pensamientos diferentes que, sin embargo, compartían la luz procedente de Mina, que los realzaba todos, desde el primero hasta el último. Al llegar a casa se duchó, se puso el uniforme y bajó a abrir el bar unos minutos antes de lo habitual.

Tras el paso rápido y silencioso de Franco, el pastelero, Massimo estuvo a punto de volver a bajar la persiana para terminar de ordenar.

Fue entonces cuando vio llegar a Mina, que, lentamente, con una de sus sonrisas capaces de anticiparse al alba misma, cruzaba la plaza Santa Maria in Trastevere hacia él.

Mina entró en el bar y Massimo bajó la persiana, incumpliendo la segunda regla del decálogo del bar Tiberi elaborado por su padre hacía años: no encerrarse nunca en el negocio con una mujer.

El motivo era simple, y se debía a una desventura que había tenido el padre de Massimo a poco de iniciar su actividad. Contaba la leyenda que, una mañana, el viejo Tiberi estaba solo en el bar, disponiendo los cruasanes en la vitrina de la barra, cuando alguien había llamado a la persiana.

De inmediato había supuesto que sería Antonio, el fontanero, porque sus malos hábitos se remontaban al principio de los tiempos. Por eso había empezado a levantar la persiana, pero cuando iba por la mitad descubrió que su amigo-cliente-familiar se había depilado las piernas y las tenía de infarto. En realidad, el señor Tiberi estaba ante una hermosa extranjera que le había pedido sin dudarlo que la dejara entrar al bar, pues había tenido una lipotimia. Obviamente, el pobre Tiberi, conocido por ser más bueno que el pan, no pudo dejarla sola en el frío y la escarcha y la hizo pasar.

Al día siguiente no quedaba en el barrio una casa en la que no se hablara del camarero que todas las mañanas, antes de abrir, se entretenía con una joven procaz y resuelta.

La señora Tiberi ponía muy en duda la historia, pues él nunca había sido muy despierto con las mujeres, pero aun así lo había relegado una semana al incomodísimo sofá del salón, por pánfilo.

Después aquello había caído lentamente en el olvido, pero la regla había quedado escrita de una vez por todas: nunca te encierres dentro del negocio con una mujer, y el viejo Tiberi no dudaba en repetirla cada vez que se presentaba la oportunidad. Ese día Massimo incluso creyó oír la voz de su padre declamando el principio de la frase con la esperanza de ahorrarle líos, pero como era de esperar a él le dio igual la regla, porque la belleza siempre merecía una excepción, y Mina era tan bella como un atardecer granate extendido en todo el horizonte, de los que dejan boquiabiertos incluso a los cínicos aguafiestas que no hacen más que llevar la contraria.

Sí, quería estar a solas con Mina, dar sentido a aquel día desde el primer café de la mañana, pero esta vez prepararía un café largo, o no, americano, de los que no acaban nunca, porque si la mezcla es buena el café sigue siendo café por mucha agua caliente que se le añada.

—¿Qué haces aquí a estas horas?

Mina le echó los brazos al cuello, zambulléndose en esos ojos que le parecían dos granos de café.

—Me desperté, vi el cartel del bar por la ventana y me di cuenta de que era como un sueño. Y entonces pensé: ¿cuándo voy a volver a soñar con algo tan bonito con los ojos abiertos? De modo que me puse la ropa de correr y vine a ver si querías soñar conmigo.

Massimo le acarició la mejilla, y luego le pellizcó el brazo.

—¡Ay! ¿Qué haces?

—Quería demostrarte que no estás soñando y que no te despertarás en la mejor parte.

Ella se masajeó el lugar donde él la había pellizcado.

—¿Y la mejor parte serías tú?

Massimo la estrechó.

—No, la mejor parte somos nosotros.

Luego posó delicadamente sus labios en los de Mina y entrecerró los ojos para disfrutar de aquel momento perfecto que prometía una perfección aún mayor.

19

Affaccete Nunziata*

A Massimo le hubiera gustado recostar el reloj de arena en posición horizontal para detener el tiempo, frenar el mundo y conservarlo todo tal y como se encontraba entonces.

Pero las manecillas seguían corriendo sin cesar hacia la próxima Navidad. En esa época, las jornadas laborales de Mina eran infinitas y agotadoras, pero, como le había dicho ella a Massimo varias veces, su historia le daba una fuerza sobrehumana, que le permitiría mover montañas y caminar un mes entero sin dormir ni un minuto (y eso que andaba a un metro del suelo, como suelen hacer los enamorados, lo que supone gastar más energía de la normal).

A él, por su parte, le encantaba ocuparse de ella, sabía cuáles eran sus bocadillos favoritos y siempre le apartaba dos, para que no le faltaran si le entraba hambre, y se los servía acompañados de un nutritivo zumo de naranja exprimido.

El zumo podía considerarse una prueba de amor inequí-

* «Asómate, Nunziata», canción de Antonio Guida y Nino Ilari.

voca; de hecho, en el bar Tiberi todo el mundo sabía lo mucho que Massimo odiaba exprimir naranjas.

Tanto era así que Marcello y los clientes-amigos-familiares no perdían ocasión de señalar aquel trato desigual.

—¡Ah, Mino! Te has convertido en el rey de los zumos. Y pensar que cuando te pedía uno me contestabas: «Vives cerca, ¿por qué no te lo haces en casa y ahorras?».

Carlotta, que ya parecía una modelo, imagen de la tienda de Mina, sonreía al ver a su hermano tan feliz y ocupado, aunque, en el fondo, no bajaba la guardia ante la posibilidad de que él se llevase otra desilusión como la de Geneviève.

De ahí que no lo animase de más. Ya bastante lo provocaban los otros, empezando por Riccardo, el peluquero, que no perdía oportunidad de lanzarle dardos. Incluso el profesor paquistaní Buh, que había entrado en el círculo vicioso de las pullas romanas, era afecto a señalar que su camarero favorito en el último mes se había vuelto de improviso uno de los principales expertos mundiales en tendencias, alta costura y confección.

Llegó por fin el tan temido momento en que Mina debía irse a pasar la Navidad con su familia. Sería solo por unos días, pero como bien se sabe los enamorados no entienden razones y son capaces de hacer una tragedia de una nadería; de poco servía argumentar que hasta hacía un mes apenas se conocían y que, así como habían sobrevivido muy bien los últimos treinta años prescindiendo el uno del otro, con toda seguridad superarían incluso aquel terrible momento sin graves consecuencias.

Era el 24 de diciembre. Mina seguía aún en la tienda, y a la salida Massimo la llevaría a la estación. Impaciente por verla, sentía como si un alien le devorase el estómago. Lo más fastidioso era saber que la vería solo para saludarla y separarse de ella sin el tiempo necesario para la despedida necesaria. Pero trató de poner al mal tiempo buena cara, entre otras cosas porque ante los parroquianos tenía que guardar una actitud consecuente con el ambiente festivo.

Siempre se había preguntado si era la Navidad la que cambiaba a las personas y las ciudades, volviéndolas mejores y mágicas, o si eran las personas y las ciudades las que hacían mágica la Navidad. En cualquier caso, la Navidad había transformado a los clientes-amigos-familiares del bar Tiberi, aunque no para hacerlos más buenos; continuaban dándose palizas con palabras igual que siempre.

Carlotta había decorado el bar como un árbol de Navidad, del cual Marcello se había convertido en la punta.

En efecto, para complacer a su novia el pobre había aceptado llevar en el trabajo el gorro de Papá Noel durante todo el período navideño, prestándose obviamente a las chanzas de aquellos a los que el espíritu navideño les resbalaba como el agua en un impermeable.

Por fortuna, siempre salía en su defensa Massimo, que al menos logró convencer a su hermana de no colgarle al infeliz una fila entera de lucecitas navideñas.

El peor seguía siendo Riccardo, el peluquero, que disfrutaba de lo lindo tomándole el pelo.

—Ah, Marcè, en tu lugar me dejaría el gorro incluso después de las fiestas, te da un aire de lo más intelectual...

Obviamente, cuando Riccardo, el peluquero, hacía un pase

largo, siempre había alguien que se colaba entre los demás para rematar la jugada; en este caso fue Luigi, el carpintero.

—Es cierto, con este gorro pareces el hijo de Piero Angela,* transmitiendo desde Laponia.

Dado que en todas partes cuecen habas, y que el dicho «allí donde fueres haz lo que vieres» es el más respetado por los extranjeros que llegan a la Ciudad Eterna, los naturalizados del bar Tiberi siempre estaban listos para mezclarse con la fauna local, y el profesor Buh era uno de ellos.

—Lo extraño del gorro de Marcello es que Luigi Carpintero sepa lo que quiere decir «intelectual».

Y de inmediato, para no ser menos, el estanquero chinorromano Ale Oh Oh se sintió obligado a dar su opinión.

—*Increíble* que *calpintelo* Luigi sepa también quién es hijo de *Pielo* Angela.

En ese momento, atacado por tres frentes como si jugara al *Risk* y fuese la armada perdedora, Luigi, el carpintero, se sintió herido en su orgullo y respondió a las pullas echando los tres dados de la defensa, con lo que empeoró gravemente su situación.

—Claro que sé quién es el hijo de Piero Angela. Veo los anuncios en la tele.

Massimo observaba la escena habitual en silencio. Tenía cosas mucho más importantes en la cabeza. Pronto le daría a Mina su regalo de Navidad. Por un lado, no podía esperar; por el otro, no aguantaba la idea de no verla durante aquellos días interminables. En realidad, no solo se trataba del típico

* Presentador televisivo y divulgador científico italiano. *(N. del T.)*

mecanismo de dependencia y adicción de los enamorados... En el fondo, tenía miedo de los fantasmas navideños y no quería que, en ausencia de Mina, estos regresaran armados con nuevos y poderosos instrumentos de tortura.

No había nada que hacer, se estaba prendando de aquella chica de un modo que el bueno de Dario, que en paz descanse, habría definido soltando un «rediós». De vez en cuando, Massimo imaginaba a su viejo amigo comentando los sucesos de su vida, como en los viejos tiempos.

«Has vuelto a caer de cabeza. ¿No te alcanzan las pizzas? Si sigues así, te van a subir los triglicéridos por las nubes.»

Pues sí, había vuelto a caer. Massimo comprendía que había vuelto a enamorarse sin poder evitarlo. Porque él era así; le había ocurrido muy pocas veces en la vida, pero cuando Cupido lo apuntaba, disparaba una flecha para cazar elefantes.

Quién sabe lo que habría pensado su viejo amigo de haber sabido que, la noche anterior, Mina le había entregado las llaves de su casa y le había dicho:

—Al menos, si pasa algo mientras yo estoy fuera, podrás ocuparte de ello.

¿Cómo iba a saber que Massimo tenía dos manojos iguales en el bar, uno de la señora Maria y otro de Geneviève?

La historia de los Mino y Mina estaba tomando el cariz de las comedias francesas en las que las cosas importantes, que al principio se callan por miedo o ligereza, prometen revelarse de un modo tremendo para arruinarlo todo al final.

Cierto era que, durante la cena en el restaurante indio, Massimo había intentado cambiar el guion de la película al hablarle a Mina de su historia con Geneviève; pero más tarde, cuando había vuelto a pensar en ello, se había dado cuenta de que había omitido ciertos detalles, lo que a Mina le impedía relacionar a la ex francesa con la muchacha que le había alquilado el piso.

Además, Massimo recordó que, según le había dicho Mina, el apartamento lo había alquilado a través de una agencia inmobiliaria de Roma. Era posible que hubiese firmado el contrato sin reparar en el nombre de la propietaria.

Algo era seguro: Massimo no se sentía capaz de abordar el tema con Mina y decirle que, si en su ausencia llegaba a pasar algo en su casa, probablemente enviaría a otra persona para que echase un vistazo, tras darle uno de los tres juegos de llaves que le habían entregado las tres mujeres en distintos momentos, pero siempre por la misma razón: porque se fiaban de él.

En fin, con todas aquellas preocupaciones en la cabeza, Massimo no tenía fuerzas para seguir las charlas del bar, pero lo bueno de esas charlas es que pueden transformarse sin problema en sonido de fondo y perder el protagonismo. Cuando llegó la hora, o incluso un poco antes, confió el local a las expertas manos de Marcello y la despiadada dirección de la reina Grimilda y subió de un salto al coche para ir a buscar a Mina a la tienda.

Camino de la estación, Massimo se divirtió mucho con las reacciones de Mina ante el tráfico salvaje de la capital, hasta tal punto que prometió llevarla a Nápoles lo antes posible.

De milagro, encontraron un sitio donde aparcar detrás de la estación, y Massimo recitó por dentro una alabanza de agradecimiento a Tonino, el mecánico, y su Smart de segunda mano.

—No sé si puedo acompañarte al andén.

—No. Al andén, no. Me hace acordarme de Anna Karenina: el andén es la tristeza misma.

—No es que aquí la cosa sea mucho mejor —dijo Massimo, echando un vistazo elocuente al aparcamiento de la estación—. Pero contigo todo parece más bonito.

Ella lo besó y sus ojos lo tranquilizaron; luego le dijo que volvería pronto y que la distancia de esos días fortalecería su unión.

—¡Me encantaría que vinieras conmigo!

Entonces Massimo rebuscó en el bolsillo de su chaqueta y sacó un paquetito. Tras cogerlo, ella lo abrió sonriendo como una niña.

—Creo que puede ser útil en los momentos de separación —dijo Massimo antes de que terminara de quitarle el papel.

—¡Es una maravilla! —gritó ella—. Siempre me han gustado mucho, pero ¿cómo sabías que quería uno?

—No lo sabía. Pero se lo vi a alguien y enseguida pensé en ti, porque me pareció una forma de atenuar la distancia. Si yo no estoy para protegerte, estará contigo mi ángel de la guarda.

Era un llamador de ángeles, un collar con una campanita formada por dos bolitas de plata, una dentro de la otra, de los que suelen llevarse durante el embarazo para que el bebé oiga en el vientre un suave tintineo cada vez que la madre da un paso.

Al parecer, el sonido tranquiliza a los niños como si los acunase, o como si una presencia celestial los protegiese.

Últimamente, en distintos momentos del día Massimo pensaba a menudo en qué estaría haciendo Mina, si estaría bien, si en su tienda y en su jornada todo marchaba como debía. En dos palabras, se preocupaba: en su interior maduraba un fuerte instinto de protección, no quería que a ella le pasara nada mientras él se hallaba lejos.

Por eso había pensado en confiársela a su ángel de la guarda, el verdadero, y, para asegurarse de que este siempre estuviera con ella, necesitaba un llamador de ángeles, que venía a ser un poco como el faro con el símbolo de Batman encima que el comisario Gordon apuntaba hacia el cielo nocturno cuando en Gotham City necesitaban la ayuda del hombre murciélago.

—Gracias, es una idea muy bonita. Aunque en caso de necesidad preferiría tenerte cerca a ti.

Era la hora de la partida. Massimo se le acercó para besarla, pero se detuvo a un suspiro de distancia y aguardó. Se miraron de cerca como la primera noche en el coche, luego ella inspiró el aire que faltaba y ya nada los separó salvo un beso tierno, de los que se dejan en los labios como para decir: estoy ahí y estoy contigo.

20

Roma Capoccia*

Massimo siempre celebraba las Navidades con su hermana, su única familia, aunque aquel año a la familia se había sumado Marcello, que, al no tener a quién acudir, se había aferrado a Carlotta como un náufrago al palo mayor en la tormenta.

Carlotta no era para nada de las mujeres que se pasan la vida delante de los fogones, así que encargaron la cena de Nochebuena y el almuerzo de Navidad en la habitual rotisería de confianza. Massimo tuvo esos días lo que buscaba: calma, descanso y serenidad. Más o menos desde el comienzo de la edad adulta, la histeria navideña de los regalos, la falsedad y el consumismo le provocaba rechazo, razón por la cual el ambiente de recogimiento le venía de perlas.

El día de San Esteban aprovechó para ir a visitar a otro viejo amigo-cliente-familiar al que no veía desde hacía tiempo.

El poeta, periodista y crítico de arte Giuseppe Selvaggi, aun sin ser un cliente del bar Tiberi de toda la vida, había

---

* «Roma cabecilla», canción de Antonello Venditti.

marcado a Massimo durante una temporada corta pero intensa.

Como todo lo relacionado con la carrera de Massimo detrás de la barra, también el encuentro con el poeta encerraba en sí una pizca de magia, de alineamiento astral.

Y es que Giuseppe, siendo ya un anciano, había pasado por una operación que lo había dejado temporalmente ciego y que había afectado de un modo profundo su sensibilidad. Poco a poco, sin embargo, su estado había ido mejorando, hasta que un día pudo salir de nuevo por su cuenta. Fue esa mañana de primavera, muy significativa para él, cuando recaló por casualidad en el bar Tiberi. En resumen, el café de Massimo fue el primero que tomó en un bar después de recuperar la vista. De inmediato le cogió cariño a aquel muchacho que parecía cualquier cosa menos nacido para preparar café y al que le encantaba definir como «camarero por accidente».

Massimo recordaba como si fuese ayer el primer encuentro cara a cara con el poeta.

Muchos cafés y charlas después, este le había sonreído con expresión afable y le había dicho:

—Mi hija siempre me pregunta: «¿Por qué no tomas el café en casa? En el bar hay tanto ruido que ni siquiera lo disfrutas». Bueno, le respondo yo, en mi muy modesta opinión, el hecho de que Massimo haya entrado en mi vida ha sido una gran suerte.

Luego el poeta lo había mirado con una expresión seria, inclinado hacia delante sobre la barra, y con voz histriónica había continuado diciendo:

—En Italia, tener éxito en algo especial y valioso es como

que te toque la lotería, pero creo que me vas a dar muchas satisfacciones, camarero.

Y el profesor, porque así lo llamaba Massimo, tuvo algunas satisfacciones en compañía del muchacho.

Le encantaba enfrentarse a su mente joven y brillante, que se había sustraído al estudio.

Se hicieron grandes amigos, y a menudo el profesor invitaba a Massimo a su casa después de que cerrase el bar, y con una buena copa de vino tinto de por medio le hablaba de cuando había trabajado como reportero de guerra, de cuando había entrevistado a un famoso capo de la mafia y de mucho más.

El poeta y el camarero conversaban sobre poesía, arte y el amor.

Al cabo, una mañana sonó el teléfono del bar Tiberi. La hija del profesor llamaba para avisar de que su padre había enfermado.

Massimo corrió a casa de su viejo amigo y, cuando se sentó a su lado en el sofá, de inmediato se dio cuenta de que el profesor ya no estaba presente.

En su lugar, un viejo perdido se lo quedó mirando y le dijo:

—Por fin has llegado, el calentador de agua que instalaste no funciona.

Massimo no pudo sino darle un beso en la mejilla, despedirse de él con un fuerte abrazo y marcharse, para luego romper a llorar en el ascensor.

Dos días después, el profesor se marchó para siempre. Y lo único que pudo hacer Massimo fue dedicarle el primer café de la mañana siguiente.

Aquel día de San Esteban Massimo pasó mucho tiempo en el cementerio; no era un lugar muy alegre, pero empezaba a tener unos cuantos amigos allí. Y el hecho de ir a ver al profesor no le impidió saludar a Dario, a la señora Maria y a sus padres.

Cuando, a la mañana siguiente, Massimo reabrió el bar, seguía echando de menos a Mina, pero su regreso le parecía menos lejano y la melancolía de la despedida había quedado atrás; en definitiva, había entrado en una de esas fases en las que una ausencia se disfruta como una promesa de reencuentro.

Y así el bar Tiberi, en armonía con su dueño, vivió unos días de calma, entre clientes habituales y grandes regresos. Uno de ellos fue sin duda el de Spartaco, que no aparecía desde hacía un buen tiempo.

Roberto Spartaco, para los amigos del bar simplemente llamado «¿Me prestas?», era uno de esos tipos que dicen: «Si no me equivoco te debo cinco euros. Préstame otros cinco y así hacemos diez».

Antiguo camionero, amigo del alma de Antonio, el fontanero, que era como tener cinco bolas en el escudo de armas de la familia, estaba considerado por las señoras del barrio el opuesto romano del símbolo de los protagonistas de las más bellas novelas de amor de la historia.

Siempre que podía decía: «¿Qué tal van los cafés? Pues si todavía estás aquí me imagino que no muy bien, ¿eh?», para luego ponerse a mirar las figuras del *Corriere dello Sport*; era además de los que esperaban la película «para ver cómo termina un libro».

Mirando a Spartaco, Massimo se preguntaba cómo podía

suponer la gente que él se inspiraba en los clientes para crear sus cafés artísticos.

Spartaco quería mucho a su mujer, y a menudo se le oía repetir: «¡Me casé tarde!». Luego, cuando Luigi, el carpintero, le recordaba que se había casado a los veinte años, la cara se le iluminaba con una luz inmensa y respondía con gusto: «Si me hubiera casado antes, ahora con el indulto ya estaría fuera». La verdad era que Spartaco quería a su esposa, pero a su modo. Y de vez en cuando sacaba a relucir un poco de poesía, como aquel día.

Spartaco siempre perseguía la fortuna, pero «con la guita de los demás», y haciendo suyo el dicho «desafortunado en el amor, afortunado en el juego»; durante años estuvo comprando todas las mañanas un rasca y yendo al bar a rascarlo, motivo por el que Massimo pensó en instalar un desfibrilador en el negocio, por si alguna vez ganaba algo gordo.

De tanto rascar y rascar, un día se produce el milagro. Spartaco se hace con cincuenta euros. Pero, por sorprendente que pareciese, mantiene cierta mesura, quizá a sabiendas de las muchas manos que se abrirán a la espera de que salde deudas antiquísimas. Lo delata la sonrisa, tan ancha que se le ven las emplomaduras de los molares que le pusieron a los trece años y tendría que haberse cambiado a los dieciocho, pero que «mientras aguanten me las dejo, no voy a andar tirando el dinero que no tengo».

De repente suena el móvil y al leer el nombre en la pantalla mira a su alrededor desorientado, como si se preguntase dónde está oculto el micrófono. «¡Hola! ¡Sí, amor! ¿La compra? Sí, ya voy. ¿Leche? Sí, me acuerdo. ¿Las pastillas para la presión de tu madre? Sí, ahora paso por la farmacia. ¿La tintorería también? No, no hay problema, me queda de camino. ¿Cigarrillos necesitas? Que no, ¿qué problema va a haber, mi amor? ¿Quieres que te compre la *Novella Duemila*? Ah, vale, que ya la leíste en la peluquería. Bueno, mejor así. En fin, ya puestos te llevo la *Cronaca Vera*... Así no te falta lectura. Vale, si necesitas algo más me llamas, ¿eh? Chao.»

Y ya la sonrisa ha desaparecido, se ha evaporado, «ni que hubiese dado una vuelta por la carretera de circunvalación».

Spartaco mira a Massimo conmocionado, se mete el móvil en el bolsillo y ahora viene la salida poética, los versos que no esperabas, una de esas frases que al *influencer* de turno le valdría dos millones de «me gusta» en alguna red social:

—Cuando estoy sonriendo ella me llama y me hace llorar, porque después de la puesta de sol solo queda la lluvia...

Luego estaban los viejos amigos de Dario, que pasaban por el bar solo para cruzar dos palabras con Massimo. Y casi siempre acababan sacando a colación anécdotas y personas ya perdidas en el tiempo. Entonces empezaba el espectáculo, porque el bar Tiberi era como Roma: nunca dejaba de sorprenderte, podías tomar el café allí todos los días de tu vida y oír en cada ocasión una historia desconocida.

Como las relativas a los apodos. Se empezaba por Woody, porque se parecía a Woody Allen por sus gafas de culo de botella; luego le llegaba el turno a Tonino el Vozarrón, por su voz ligeramente aguda; después venían Gianni el Loco, Giggi el Patituerto, Peppino el Roñeta, Billy el Estirado, Draculino, el Caballo, el Patatas, el Pantera, el Perrete, Martillito y así sucesivamente.

Casi nadie recordaba por qué a Vincenzo, el zapatero, le decían Cencio.* Cabe señalar que en los años setenta pocos negocios tenían teléfono, y todo el mundo dependía del teléfono del bar más cercano, tanto para hacer llamadas como para que otros se comunicasen con ellos en caso de emergencia.

Así pues, el padre y la madre de Massimo a menudo cogían el aparato y se veían obligados a asomarse a la calle para gritar el nombre de la persona buscada.

Uno de ellos era Vincenzo, el zapatero, que por desgracia tenía un nombre muy largo y siempre llevaba un delantal marrón que parecía un trapo incluso siendo nuevo; una mañana el padre de Massimo, para no perder tiempo, asomó la cabeza y gritó: «¡Cencio!».

De allí en adelante, Vincenzo, el zapatero, fue Cencio, para disgusto de su esposa Anna, que se quejó de que el apodo daba a entender que su marido iba por ahí mal vestido.

Lo mejor era que incluso los hijos y los nietos de todas esas personas que habían empezado a llamarlo Cencio, cuando tenían que llevar un par de zapatos a arreglar, decían: «Me voy a la tienda de Cencio».

Porque en el bar Tiberi siempre se había escrito la historia del barrio.

De vez en cuando, Massimo se sentía un poco orgulloso. Y es que, en fin, ¡preparaba el café más famoso de Roma!

Sucedió que, uno de aquellos días melancólicos entre la Navidad y la Nochevieja que siempre le habían gustado, esos días íntimos, de recogimiento, en los que todo se mueve a

* «Cencio», que podría pasar por un diminutivo de Vincenzo, significa «trapo, harapo, andrajo». (N. del T.)

cámara lenta y en los que el espíritu saluda el fin del insensato caos navideño y quizá logra comprender un poco el sentido profundo de la fiesta que acaba de pasar, mientras Massimo estaba detrás de la barra en un momento solitario de celebración privada, entró en el bar una ancianita que, después de coger un litro de leche, se acercó a la caja para pagar y dijo: «Usted es el de los cafés que enamoran, ¿no? Sabe, mi marido ya no está, y ahora, cuando cierro la puerta, siento que lo dejo fuera». Y se echó a llorar; y Massimo con ella.

«Mi marido ya no está, y ahora, cuando cierro la puerta, siento que lo dejo fuera.» Por sí sola esta frase bastaría para inspirar una novela de amor, así que Massimo se dio cuenta de que, al fin y al cabo, tal vez bastaba con amar para preparar un buen café...

Por cierto, los famosos días que van desde Navidad hasta Nochevieja también son propicios para los fantasmas. En cambio, no apareció ninguno. Tal vez la lejanía de Mina ocupó sus pensamientos, tal vez los espectros a veces saben esconderse y acechar con paciencia, tal vez Dario lo protegió desde lo alto... Lo cierto es que el corazón de Massimo finalmente estaba en paz.

21

Chitarra romana*

Mina, con quien hablaba por teléfono tres veces al día, se había convertido en uno de esos medicamentos que se toman después de las comidas. En una palabra, indispensable.

Marcello, con su resto de espíritu navideño, viendo lo rendido que estaba Massimo ante la chica, intentó ponerlo en guardia sacando a relucir frases, proverbios y aforismos dignos del mejor Osho.

Las perlas de sabiduría de Marcello ya eran tan famosas en todo el Trastevere que, cuando empezaba una frase, siempre había alguien capaz de terminarla.

Las favoritas de Massimo eran dos: «El responsable de su mal, que llore solo» y «Todos somos útiles y nadie es indispensable». Marcello repetía una u otra cada vez que Massimo terminaba de hablar por teléfono con Mina, colgando con una sonrisa beatífica en la cara.

Mina regresó la tarde del 30 de diciembre, y Massimo la

* «Guitarra romana», canción de Bruno Cherubini y Eldo Di Lazzaro.

esperó en el coche frente a la estación de Termini con una sorpresa de bienvenida que era una verdadera declaración de amor. Cuando ella le adelantó por teléfono que no había almorzado nada y que se moría de hambre, Massimo no se lo pensó dos veces y, después de cerrar el bar, fue al restaurante indio de su primera cita y pidió un menú degustación para llevar.

Pero lo que asombró a Mina fue que Massimo, después de saludarla con un abrazo de veinte segundos, un beso de treinta y abrirle la puerta para que subiera, sacó un mantel, un plato y una copa, y se lo puso todo sobre las rodillas, diciéndoselo con voz impostada:

—La cena está servida, miss Mina.

Estaba decidido a hacer del coche su restaurante favorito y a convertirlo en el proceso en una versión romántica de un *food truck*, esos camioncitos que circulan por la ciudad y hacen un alto en las plazas para ofrecer comida.

Mina se quedó sin palabras, conmovida, y se le escapó una lagrimita de felicidad mientras le acariciaba la mejilla.

Massimo atrapó la lágrima con el dedo antes de que le llegara a los labios y le arruinara la cena.

—¿Por qué lloras? Preferías la pizza, ¿no?

La sonrisa con que Massimo acompañó esa broma le gustó a Mina quizá más que la cena, el pan y los cubiertos juntos. A Mina le chiflaba esa sonrisa romana que contenía insolencia y dulzura.

Arriesgándose a hacer como esos magos que quitan el mantel sin volcar nada de la mesa puesta, Mina se volvió de golpe y echó los brazos en torno al cuello de Massimo, estrechándolo con la misma avidez con que respira un buscador de perlas al salir a la superficie después de una larga apnea.

—No, bobo, está todo perfecto, tú eres perfecto, y lloro porque nunca nadie había hecho algo tan bonito por mí.

Massimo le acarició la espalda con las dos manos, feliz de haberla sorprendido.

—Tendrás que acostumbrarte. Es solo el principio; no traje el postre porque quiero dártelo en otra ocasión, y además está el café; por lo visto se me da muy bien prepararlo.

Mina se atrevió con una frase en dialecto romano que había oído hacía unos días en el bar:

—*Ma chi te c'ha mannato!**

Massimo se echó a reír y dijo:

—No eres la mejor de todas, eres lo mejor que hay.

Por lo general, Massimo no hacía nada en Nochevieja: sentía verdadera aversión por las cenas, las veladas, los cohetes, los bailes, las fiestas, las discotecas, los conciertos y las «demás tocaduras de pelotas», en palabras del viejo Dario.

Las más de las veces, de tan cansado que estaba, ni siquiera llegaba despierto a medianoche.

Era comprensible: dado que se levantaba a las cuatro y media de la madrugada y trabajaba diez horas al día seguidas, quedarse levantado hasta la cuenta atrás suponía un esfuerzo titánico.

Siempre que alguna persona le preguntaba dónde pasaría

* «Pero ¿quién te ha enviado?» (*N. del T.*)

la Nochevieja, repetía: «No es que no me guste festejarla, es que prefiero celebrarla solo».

Sin embargo, cuando Mina le hizo esa pregunta, la formuló en plural, en plan: «¿Dónde pasamos la Nochevieja?», y Massimo, como no pudo decirle que en su casa o en la de ella haciendo el amor, se vio obligado a buscar con prisas y a lo loco un plan B.

Y lo primero que se le ocurrió fue la cena show del restaurante Da Albertone. Alberto, amigo de la infancia de sus padres, estaba considerado uno de los mejores restauradores de Roma, y era también famoso por las dietas que se ingeniaba, como la absurda dieta del agua, que consistía en pasarse una semana entera no a pan y agua, sino solo a agua, bebiendo unos diez litros al día.

Las más de las veces acababa en el hospital, cierto que con siete kilos menos, pero con el riesgo de quedarse seco y engordar catorce a la semana siguiente.

El hecho era que, como todas las mañanas, el último día del año Alberto había pasado por el bar Tiberi a tomar el café y le había dejado a Massimo el folleto con el menú de la cena, repitiendo la misma frase de cada año:

—No olvides que, aunque vengas diez minutos antes de las doce, para ti siempre habrá una mesa.

Y cuando, media hora más tarde, ante esa misma barra, Mina le hizo la fatídica pregunta de dónde la iba a llevar a cenar, Massimo no tuvo más remedio que meter la mano en el bolsillo del pantalón, sacar el folleto de Alberto y dárselo a aquella belleza que quería empezar el nuevo año con él.

—Había pensado en festejarlo aquí. Es de un amigo, el lugar es bonito y se come bien —le dijo.

Mina respondió entonces con la típica frase que quisiera oír todo romántico:

—A mí cualquier cosa me viene bien, ¡solo quiero estar contigo!

Entonces Massimo hizo algo que nunca había hecho con ninguna mujer, ni siquiera con Geneviève.

Siempre había sido un tipo reservado, sobre todo en lo personal. En el Trastevere era famoso por ser el único vecino que nunca había inspirado habladurías o chismorreos.

De hecho, se lo consideraba uno de esos hombres que están por encima de toda sospecha, y si hubiera echado a correr desnudo por las calles del Trastevere, todo el mundo habría pensado: «¿Massimo? No puede ser. No, seguro que estaba rodando una película».

Así que cuando Carlotta, Marcello y varios clientes-amigos-familiares lo vieron rodear la barra, tomar a Mina de la mano, salir del bar y dirigirse con ella al centro de la plaza Santa Maria in Trastevere para besarla apasionadamente delante de todos, hasta Riccardo, el peluquero, tuvo que rendirse a la evidencia.

—¡Si le ha pasado a Massimo, puede pasarle a cualquiera!

La velada fue muy agradable, y la cena, buena y abundante; entre los callos a la romana, las alubias con tocino, los *rigatoni* con *pajata* y el cordero al horno con patatas, se les hizo la medianoche sin que ni siquiera se diesen cuenta.

Después del brindis, Alberto se encargó del entretenimiento y, acompañándose con la guitarra, celebró la llegada del año nuevo con un concierto de canciones romanas por entre las mesas.

Al final entonó la canción más famosa de todas, de pie justo delante de la mesa de Massimo y Mina, haciéndole pícaros guiños a su amigo camarero.

Pero Massimo estaba ausente: su espíritu, su mente y una pizca de su corazón se hallaban acostados bajo una sábana blanca en la terraza de su casa, una noche estrellada de agosto, en un verano romano tan lejano que acaso nunca había existido.

A veces basta una mano para que nos rescaten, y cuando Mina entrelazó sus dedos con los suyos, Massimo volvió al presente a su lado y, mirándola como si hubiera visto a la Virgen, tuvo el valor de susurrarle el verso final a Alberto:

—Roma, enciéndenos una vela esta noche.

Eran casi las dos de la madrugada cuando Mina y Massimo se despidieron de Alberto y se marcharon del restaurante tomados de la mano; los inevitables cohetes de Nochevieja disminuían de intensidad, y los grupos de jóvenes vocingleros iban de una fiesta a otra.

De pronto, Massimo atisbó a pocos metros el cartel de la pensión La Camera Rosa, un albergue de dos estrellas, de esos en los que no cabe esperar champán en la habitación, pero que a él le pareció ideal porque no le apetecía ir ni a su casa ni a la de ella. Por eso, cuando llegaron a la entrada del hotel, se detuvo y tomó las dos manos de Mina, mirándola a los ojos con una dulce sonrisa.

—Te lo ruego, ¡vamos a hacer el amor!

Ella lo miró y se rio.

—¿Aquí? ¿Ahora? ¿No podemos ir a casa?

La habitación estaba amueblada con sencillez. A Massimo le recordó el camarote de un crucero, tal vez porque tenía el ánimo como si fuese a zarpar en un viaje que lo llevaría a lugares hasta entonces solo soñados.

Massimo y Mina no hablaban, recorrieron la sala acompañados por la emoción de algo que está por comenzar, pero al mismo tiempo sosegados por un sentimiento de familiaridad. Y una vez más, como había sucedido con el primer beso, se entusiasmaron por la maravillosa novedad de la situación, seguros de que su alianza echaba raíces ocultas en los albores del tiempo.

Massimo se acercó a ella y, después de hacerle una caricia en la mejilla, la besó con suavidad en el punto de la cara que acababa de rozarle con la mano.

Se desvistieron poco a poco, como si el calor y la urgencia diesen paso a un sentido de lo sagrado, como si cada gesto tuviese que saborearse hasta el final.

Se metieron bajo las mantas abrazándose con fuerza, no por el frío, sino para que los contornos de sus cuerpos coincidiesen sin asperezas, sin ningún ángulo o contraste.

Se besaron y acariciaron como para eliminar con paciencia la barrera que los hacía dos sujetos distintos.

De nuevo, pero esta vez casi implorándole, Massimo le pidió:

—Te lo ruego, ¡hagamos el amor!

Mina se le puso encima y cayó el último fragmento del muro que los separaba, dándoles a ambos la oportunidad de saber quién era el que había hecho el camino en sentido opuesto para encontrarse donde debían estar al final: en una sola cosa, en un mismo lugar.

Esa noche, Massimo descubrió que las constelaciones no se encuentran solo en el cielo, sino que pueden componerse de estrellas diseminadas al tuntún en la piel de una mujer, listas para que las cuenten los labios de un hombre.

Al cabo, Mina sintió frío y un temblor recorrió su cuerpo, luego se apartó de Massimo pidiéndole que cerrara los ojos; de hecho, se lo hizo prometer, y él la obedeció. Pero, como Orfeo en compañía de Eurídice, no pudo cumplir su promesa y volvió a mirarla por exceso de amor, y Mina no se hundió en el infierno sin él.

Lo más bonito que recordaría Massimo de esa noche postrera del año, o su primera mañana, sería verla levantarse de la cama y dirigirse desnuda al baño, sin la menor vergüenza, pero con una gran sonrisa, como si hacer el amor con él hubiese sido la cosa más natural del mundo, y vivir, la consecuencia de respirar.

Massimo esperó a que ella acabara de ducharse. Y, cuando Mina cerró el agua y descorrió la cortina para salir, cogió una toalla y se la envolvió sobre los hombros.

Fue entonces cuando Massimo se dio cuenta de que en su hombro derecho Mina tenía tatuada una pequeña M, y al rozarla con los labios no pudo evitar preguntarle:

—¿Y esto?

—La inicial de mi nombre, ¿no?

Massimo sonrió.

—No, es la inicial del mío. Sabías que iba a llegar a tu vida. Me estabas esperando.

22

Com'é bello fa' l'amore quanno è sera*

Después de aquella noche, todo se prendió fuego, incluso el agua y el café. A la hora del almuerzo, Massimo envolvía un par de sándwiches y salía del bar bajo la mirada atónita de sus clientes-amigos-familiares para volar a encontrarse con ella, que, luego de cerrar la tienda para la pausa del almuerzo, lo esperaba ansiosamente para comérselo a él y a los sándwiches.

Y entre una miríada de colores y de tejidos ligeros y pesados, Massimo y Mina se amaban tumbados en el suelo, sentados en una silla, de pie contra el estante de las bufandas, que llovían sobre ellos en un temporal de estampados geométricos y dibujos en relieve.

Se trataba de un huracán de amor que dejaba en su estela la felicidad, la risa y el deseo de volver a lanzarse al ojo del ciclón.

Pero los mejores momentos eran los que Massimo y Mina pasaban en la habitación rosa. En efecto, una noche sí y otra

* «Qué hermoso es hacer el amor por la noche», canción de Luigi Martelli, Ennio Neri y Gino Simi.

no Massimo llevaba a Mina a la pensión en la que habían hecho el amor la primera madrugada del año.

En realidad, aquel se convirtió en su nido de amor, la casita del árbol donde refugiarse, lejos de todos y de todo, un lugar solo para ellos, del que nadie más tenía noticias.

Por fortuna, Mina solo distinguía el lado romántico de todo ello, sin reparar demasiado en lo absurdo que era gastar dinero en una habitación cuando podían verse en sus respectivos pisos. Massimo era consciente de que entrar en por qué no quería hacer el amor con ella en esas dos casas no era un buen punto de partida para una relación seria, y tenía cierta sensación de culpa ante Mina.

Por miedo a que ella, al descubrirlo, se sintiera herida, Massimo guardó el secreto, disfrutando de la habitación rosa y dejando que la originalidad del asunto primara sobre lo demás.

Claro que, como había presentido desde el principio, sin haber actuado en consecuencia, aquel secreto inconfesado se fue haciendo cada vez más grave y prometía convertirse tarde o temprano en un problema. Pero había pasado el tiempo de hablar de ello con ligereza, y acaso no había llegado aún el momento de mencionarlo con el corazón en la mano; en una palabra, era más conveniente dejar la cuestión en suspenso que afrontarla con valentía.

Noche a noche, empezaron a llevar velas a la habitación, porque su luz cálida y fluctuante se adaptaba mejor a su amor y parecía participar en la historia que estaban escribiendo.

Massimo y Mina hablaban y hablaban, porque querían saberlo todo el uno del otro, como para recuperar el tiempo que habían perdido sin conocerse.

—Cuéntame alguna anécdota del bar. Elige una de las que parezcan más importantes y te dé más gusto recordar. Poco a poco, me gustaría que me las contaras todas.

Massimo sonrió; le sucedía siempre cuando estaban juntos, como si tuviese un rictus facial.

Lo cierto era que le bastaba con pensar en ella para sonreír: últimamente muchas veces lo hacía en el trabajo y, al levantar la vista, se encontraba con que su hermana Carlotta, Marcello o alguno de los fieles lo miraban preocupado.

Y cuando le preguntaban:

—Pero ¿de qué te ríes? Parecías el malo de *Altrimenti ci arrabbiamo!*

Massimo simplemente respondía:

—No lo entenderías.

Y era cierto, nadie podía entenderlo. El amor no se entiende, se hace. Y él y Mina siempre lo hacían, como en ese momento, contra los que se le oponían, aunque a ellos no se opusiera nadie.

Massimo hizo memoria, buscando la anécdota ideal en su biblioteca de recuerdos, pero había tantas que resultaba una tarea difícil quedarse solo con una.

—¿Todas? ¿Vas a pasar conmigo el resto de tus días?

Mina levantó la cabeza, lo miró con una sonrisa y esbozó un beso, que terminó en los labios de Massimo.

—Quién sabe, si te portas bien, a lo mejor me lo pienso. Venga, ahora cuéntame.

Massimo se echó a reír, abrazándola aún más fuerte.

—Vamos a ver. Cuenta la leyenda que el día en que nací, el bar estaba abierto.

—¿De verdad? No sé por qué no me extraña. Parece que los domingos y días festivos se hubieran inventado para hacer cerrar el bar Tiberi.

—Muy graciosa, pero no me interrumpas, que podría perder el hilo del discurso y tendría que buscarlo por todas partes. Y cuando digo todas partes, me refiero a todas.

Dicho esto, Massimo hizo ademán de meter la mano bajo las sábanas, cosa que Mina rechazó riéndose.

—Cuenta, bobo, que tengo curiosidad.

—Vale. Pues, como decía, parece que el día de mi nacimiento el bar estaba abierto. Has de saber que mi padre, antes de cerrar el bar un día laborable, se habría encadenado a la barra. Figúrate que el día de su boda trabajó hasta una hora antes de la ceremonia, se cambió en el almacén del bar y corrió a la iglesia arriesgándose a llegar al altar después de mi madre, que de hecho nunca se lo perdonó y se lo echó en cara durante años.

»En su defensa, mi padre siempre respondía que habría sido una tontería no abrir al menos a la hora del desayuno. Total, la iglesia estaba justo enfrente del bar. Y en eso lo respaldaba su mejor amigo, además de testigo de la boda y mi segundo padre y socio hasta hace unos meses. Se llamaba Darío y yo lo quería un montón y, sí, lo echo mucho de menos, pero esa es otra historia.

La voz de Massimo se había quebrado por la emoción; Mina lo notó y le acarició la mejilla.

—Lo siento, no quería que te pusieras triste, pensé que me ibas a contar algo gracioso.

Massimo le tomó la mano y la apretó sobre su mejilla, un gesto que se convertiría en el favorito de los dos.

—Disculpa, en realidad quería contarte otra cosa. De Dario te hablaré la próxima vez. Como decía, mi papá nunca dejaba el bar durante las horas de apertura. Y ni siquiera lo hizo el día que nací. Era una mañana de finales de julio y de repente mi madre rompió aguas mientras preparaba un café detrás de la barra, justo donde trabajo yo ahora. Sí, comencé en el bar en el estricto sentido de la palabra. Mi padre estaba terminando de preparar los sándwiches para el almuerzo y por nada del mundo quería dejar el trabajo a medias, así que le pidió a Dario que acompañara a mi madre al hospital.

»El resto del día siguió mandando a distintas personas a ver a mi madre: Antonio, el fontanero, con una muda; Tonino, el mecánico, con un poco de ropa para mí; Gino, el carnicero, con algo de comer; y por último Cencio, el zapatero, para ver cuánto faltaba y si iba todo bien. De ahí que al final del día, cuando nací, la partera, desorientada, le preguntara a mi madre: «Ha ido todo bien, pero ¿quién es el padre del niño?».

Mina se echó a reír, una risa larga e incontenible, que hizo que le brillaran los ojos.

—Tu padre debió de ser un mito, ay, Dios, que me duele al reírme. Pobre, tu madre; en su lugar me habría puesto furiosa.

—Y lo cierto es que se enfadó y le dijo a la partera que el padre era Antonio, el fontanero, de manera que, cuando fueron todos a verme al hospital, incluido mi padre, la partera salió conmigo y me puso en brazos de Antonio diciendo delante de todos: «Aquí está su hijo, es igualito a usted», entre la risa general y la contrariedad de mi padre.

Mina volvió a reírse, aferrándose aún más a Massimo.

—La mejor venganza, tus padres seguro que hacían buena pareja.

Massimo le besó el hombro y se rio.

—Sí, una especie de Sandra y Raimondo *all'amatriciana*.*

---

* Sandra Mondaini y Raimondo Vianello, protagonistas de *Casa Vianello*, famosa comedia emitida por la televisión italiana. La amatriciana es una salsa muy usada en Roma. *(N. del T.)*

23

Roma nun fa' la stupida stasera*

Aquel día no había parado de llover ni un momento. Más que en Roma parecía que estuvieran en Seattle, la ciudad más lluviosa de Estados Unidos, y Carlotta no tardó en hacer referencia a una de sus comedias románticas favoritas, *Algo para recordar*, una película bastante vieja con Meg Ryan y Tom Hanks.

A veces Massimo se preguntaba si su hermana no tenía una doble personalidad: pasaba como si nada de la sensibilidad de la madre Teresa de Calcuta a la perfidia de la reina Grimilda de *Blancanieves*.

Lo más gracioso era la gente que entraba en el bar para tomar café y, al ver a Carlotta detrás de la barra, se decantaba de repente por un más seguro zumo de fruta abierto en el momento. En plan: si no le caes en gracia, mejor no le pidas que te prepare un café. El único inmune a esos cambios de humor era Marcello, enamorado perdido y un pan de Dios,

* «Roma, no te hagas la tonta esta noche», canción de Armando Trovaioli, Pietro Garinei y Sandro Giovannini.

que la manejaba como el espejo mágico, repitiendo todas las cosas que su reina quería oír.

Massimo tuvo una idea mientras el pobre Marcello escuchaba en riguroso silencio a Carlotta contarle la trama de *Algo para recordar*, insinuando que esa noche después de cenar nada lo eximiría de volver a verla con ella. Avisó a Mina con un mensaje de que pronto pasaría a recogerla y se lanzó a las olas de la tempestad en el Smart de Tonino, esperando que en esa situación se mantuviese a flote.

Mina cerró la tienda, puso la alarma antirrobo y corrió hacia el coche, que estaba aparcado en doble fila como de costumbre, procurando empaparse lo menos posible.

—Madre mía, no ha parado de llover ni un momento. Hasta me dio miedo que se me inundara la tienda.

Antes de abrocharse el cinturón de seguridad, Mina se estiró para darle un beso a Massimo.

—Pues menos mal que no ha parado, porque se me habría arruinado la sorpresa.

—¿Qué sorpresa?

Massimo sonrió con picardía pero no respondió y, después de comprobar por el retrovisor lateral que no venía ningún coche, arrancó a toda velocidad en dirección al Tíber.

Llegaron al Panteón, que ya estaba oscuro, y, como esperaba Massimo, la lluvia no había perdido intensidad, lo que puso a prueba el paraguas que los protegía a él y a Mina.

Mario, el portero o, según él mismo se llamaba, el «cancerbero» del Panteón, los aguardaba en la entrada, cerrada a aquellas horas. A manera de presentación, le estrechó la mano a Mina y luego abrazó calurosamente a su camarero de confianza.

—Solo a ti se te ocurre esto para impresionar a una mujer. Pero me alegro de que me lo hayas pedido. Da gusto ver que alguien recuerda y valora las leyendas de su ciudad.

Massimo sonrió y se tocó la cabeza avergonzado.

—Gracias, Mario. ¿Sabes que a partir de mañana tendrás siempre un café gratis esperándote en el bar Tiberi?

Mario se echó a reír y le dio una palmadita en la espalda.

—¿Estás loco? Si la reina Grimilda se entera de que regalas café a tus clientes, te encerrará en las mazmorras del bar con el pobre al que querías ofrecérselo. Venga, no vaya a ser que pare de llover sobre la parte más bonita. A estas alturas, yo también quiero verlo.

Mina, que había guardado silencio hasta ese momento, apretó más fuerte el brazo de Massimo.

—Me estás matando de curiosidad. Anda, vamos.

Mario les mostró el camino y los tres rodearon el monumento hasta llegar al punto opuesto a la entrada principal, donde había una pequeña puerta de hierro oculta en la oscuridad.

El anciano cuidador sacó del bolsillo de su abrigo un manojo de llaves y, después de rebuscar un poco, metió la buena en la cerradura. Abrió la puerta y empezó a contar la historia de uno de los monumentos más fascinantes de Roma.

—Se cuenta que, en este lugar, el primer rey de Roma subió al cielo durante una tormenta. Desde entonces, todos los años se celebraban aquí ritos en memoria de ese acontecimiento sobrenatural. Así que es probable que hubiera existido un santuario, aunque fuese de pequeñas dimensiones.

Se notaba que para Mario aquello no era la típica lección que se estudia de memoria, sino una historia de la que, con bastante orgullo, se sentía depositario y transmisor.

—Más tarde, en el año 27 antes de Cristo, el arquitecto Agripa, yerno de Augusto, decidió construir el Panteón aquí mismo para señalar el paralelismo entre la figura mítica de Rómulo y el nuevo emperador. Después el Panteón pasó por incendios y otras desventuras hasta que el emperador Adriano le dio su forma actual. El diámetro y la altura del interior son iguales: cuarenta y tres metros con treinta centímetros, lo que equivale a ciento cincuenta pies romanos. ¿Y veis esa abertura en medio de la cúpula?

Cuando Mario señaló con el dedo el techo del monumento, Mina y Massimo echaron atrás la cabeza y miraron el cielo oscuro iluminado por relámpagos.

—Muchos lo llaman «el ojo» —dijo Mario, retomando su fascinante relato—. Tiene un diámetro de nueve metros y, a las doce del mediodía del 21 de junio, los rayos de sol caen por él directamente hasta el centro del portón de entrada. Y, no es por nada, pero es la cúpula más grande en la historia de la arquitectura: ¡cuarenta y tres metros de diámetro! Ahí es nada. Siempre me he dicho que los números dan una idea hasta cierto punto, ¿no? Igual que las palabras. Yo os repito la lección porque cuido más de este lugar que de mí mismo, pero una imagen vale más que mil palabras.

En efecto, Mina se había quedado con la boca abierta y todos los comentarios le parecían superfluos.

Massimo, en cambio, estaba sumido en sus recuerdos. Mario era un viejo amigo de la familia Tiberi, y Massimo había oído de su boca lo que acababa de contar muchos años atrás, durante una visita privada como aquella, una de las últimas cosas que había hecho en compañía de su padre. También aquel día una tormenta que parecía interminable azotaba Roma, y el padre de Massimo, conociendo la gran pasión de su hijo por el arte y los monumentos de la ciudad, había querido darle una sorpresa, la misma que él ahora le daba a Mina. Por un instante, lo abrumó la melancolía y no pudo contener un suspiro. Mina lo notó y le estrechó la mano.

—¿Estás bien?

—Sí, estoy bien. La última vez que vine de noche fue con mi padre y el resto de la familia. Unos días antes de que enfermara.

Mina le acarició el dorso de la mano con el pulgar, apretándosela aún más fuerte.

—Lo siento.

Mario también se conmovió al recordar a su querido amigo y habló con emoción en la voz.

—Tu padre era una grandísima persona, fue una pérdida enorme para todos nosotros, pero tú eres como él y te has ganado dignamente un lugar en el corazón de todos los que lo querían. Ahora explícale a esta hermosa muchacha por qué habéis venido esta noche. Os dejo solos; nos vemos a la salida.

Dicho lo cual, Mario se alejó y desapareció en la oscuridad de la antigua iglesia romana. Entonces Massimo miró a Mina y, con una de sus sonrisas aniñadas, la invitó a seguirlo.

—Ven, vamos al centro de la iglesia.

Cuando estuvieron debajo del ojo del Panteón, Massimo se puso frente a ella y le tomó las dos manos.

—Está lloviendo muy fuerte...

Mina levantó instintivamente la vista hacia la gran abertura de la cúpula. Entonces se dio cuenta de algo increíble que no había advertido antes.

—La lluvia no entra... Pero ¿cómo puede ser?

Massimo le soltó la mano y la abrió delante de sus ojos.

—¡Mira! Es increíble, la lluvia no entra. La primera vez que vi este fenómeno pensé que era un truco de magia del señor Mario. Pero luego nos explicó a mí y a mi hermana que en realidad no era cierto que no lloviera dentro; de hecho, si te fijas bien verás agujeros de drenaje tanto en el centro como a los lados del suelo, para que el agua corra hacia fuera y no se formen charcos.

Massimo señaló a sus pies unos agujeritos en el suelo.

—Pero si se cierra el portón de la entrada y dentro del edificio hay una temperatura lo bastante alta, la abertura del techo crea un efecto de chimenea, es decir, hace que suba una corriente de aire caliente que transforma las gotas de agua en vapor. Así, aunque fuera llueva a cántaros, dentro se tiene la impresión de que no llueve.

Mina le sonrió, echando un último vistazo al techo agujereado.

—Pero hay algo que no entiendo. ¿Cuál es el lado romántico de esta sorpresa tuya?

Él negó con la cabeza y luego la miró fijamente.

—No puede llover para siempre, pero a mí me da igual, porque cuando estoy contigo no llueve nunca.

Después le tomó la mano y se la abrió sosteniéndola bajo el ojo del Panteón, para luego colocársela sobre la mejilla. Mina lo dejó hacer, se puso de puntillas y lo besó.

24

Nanni 'na gita a li Castelli*

—Te toca contarme una anécdota sobre tu vida, un secreto, algo que nadie o muy pocas personas sepan.

Estaban una vez más en la habitación rosa, acariciados por la luz de la vela, que era perfecta para alumbrar y perfumar aquellas horas de amor robadas al resto del mundo.

Mina se giró sobre un costado, acurrucándose contra las concavidades del cuerpo de Massimo.

—Es difícil decir algo de mí que no sepa nadie o que sepa poca gente: no soy de las personas que ocultan vete tú a saber qué secretos o historias raras. Pero hay una cosa, y tengo curiosidad por saber si te has dado cuenta. No es muy obvio, al contrario, es casi imperceptible, aunque a veces me avergüenza porque me da miedo que se me note —dijo bajando la vista, pero Massimo le tomó delicadamente la barbilla y la obligó a mirarlo de nuevo a los ojos.

—Sea lo que sea, no será nada comparado con tu esplendor.

* «Nannì de excursión por los castillos», canción de Franco Silvestri.

Ella estiró el cuello para besarlo tiernamente en los labios.

—¿Dónde estabas escondido hasta ahora?

—En ninguna parte. Te escondes para no enfrentarte a algo desagradable o que te hace sentir mal, pero entonces te arriesgas a perderte algo hermoso y precioso, te arriesgas a no tener el placer de vivir plenamente, a dejar escapar a alguien como... tú —contestó, y la apretó aún más fuerte, como lo hacía cuando sentía dentro un deseo incontrolable de aferrarla para siempre.

Mina sonrió, cerró los ojos, se acomodó en sus brazos y le dijo en un susurro:

—Creo que me estoy enamorando de ti.

Massimo le besó la frente.

—Qué raro. Iba a decirte lo mismo.

Mina levantó la cabeza de golpe y lo miró con una expresión graciosa.

—¿Estás seguro? Porque aún no te he revelado mi pequeño secreto. Podrías cambiar de idea.

Massimo pensó entonces en su propio secreto, por llamarlo de algún modo, y, mirando a su alrededor un momento, se preguntó hasta cuándo podía continuar aquello de la habitación rosa. ¿Cómo superar el hecho de que la casa de Mina fuese la casa de Geneviève?

Al fin y al cabo, lo cierto era que todavía se apenaba al pensar en ello y no quería refrescar en absoluto el recuerdo de los momentos que había pasado con Geneviève.

Mina había entrado en su vida, y podía decirse que él volvía a ser feliz después de mucho tiempo; por nada en el mundo quería perder esa sensación redescubierta.

Mina llenaba su vida y, poco a poco, él iba percibiendo que su corazón estaba listo para latir y luchar por otra persona, por ella.

Así que la idea que ensombreció un instante su rostro desapareció y dio paso a la habitual sonrisa que afloraba cuando estaba con Mina o pensaba en ella.

—Venga, cuéntame ese secreto. Mi corazón está sordo al resto del mundo y solo te escucha a ti.

—No sé si lo has notado, pero tengo un ligero estrabismo en el ojo derecho y, por desgracia, de niña no me lo traté como era debido. Me preocupa porque podría empeorar y causarme serios problemas de vista, pero no me atrevo a ir al médico por miedo, a lo mejor no soy capaz de enfrentar la realidad, y siempre lo pospongo.

Massimo le hizo la enésima caricia, casi como si quisiera consumirla a fuerza de pasarle la mano por la piel, y guardó silencio unos segundos.

La verdad es que se había dado cuenta de aquel defecto suyo la primera vez que hicieron el amor, aunque no porque fuese obvio, sino porque en cada ocasión la miraba como si fuera la última cosa bella que fuese a ver en la vida.

—No, no me he dado cuenta —mintió—. Creo haber leído en alguna parte que las imperfecciones nos hacen perfectos, nos vuelven únicos. De hecho, en un mundo donde la mayoría de la gente hace lo imposible por parecerse entre sí, tener algo que nos distinga de la multitud nos hace especiales, como a esos sellos raros a los que les falta una letra o un número.

Mina soltó una carcajada, para luego besarle el brazo que la tenía prisionera.

—¿Me equivoco o acabas de compararme con un sello? Massimo también se echó a reír.

—Tal vez porque me gustaría tenerte pegada a mí —dijo pasándole una mano por las piernas desnudas.

Por esos días, Massimo hizo otra cosa que nunca había hecho en el bar, delante de sus clientes-amigos-familiares.

Le echó los brazos al cuello y la abrazó como si no la hubiera visto en un siglo, como si quisiera verla todos los días por venir.

Luigi, el carpintero, que miraba la escena con los demás, se volvió hacia Riccardo, el peluquero.

—Pero ¡bueno! Es como si no hubiera nadie más en el bar. Ni que los demás estuviésemos pintados.

Obviamente, como ocurría siempre, todo el mundo empezó a dar su opinión, y el local acabó convertido en una tertulia múltiple. El primero en intervenir fue Marcello.

—Tendrían que buscarse una habitación, ¿no?

Curiosamente, Carlotta también dio su opinión desde la caja, pero en un susurro, casi para sí misma, a fin de que no la oyese nadie, y acompañando el pensamiento en voz alta con una sonrisa y corazoncitos en los ojos, pues consideraba que aquel amor era, según sus parámetros, bueno y justo.

—No te preocupes, que la habitación ya la tienen.

El profesor Buh, desde lo alto de su romanticismo paquistaní, se expresó con una frase poética buena para todos los países.

—Debe de amarla inmensamente.

Al oír esa frase a Luigi, el carpintero, se le iluminó el rostro, y mirando a Riccardo, el peluquero, le hizo una pregunta de la que ya sabía la respuesta.

—¿Tu tío Pino te contó alguna vez la historia de Peppino el Roñeta?

Riccardo, el peluquero, miró con aprensión primero a Marcello y luego a Carlotta, a sabiendas de que su «no» bastaría para que el otro se pusiera a contar una de las anécdotas del bar, que una vez comenzada tenía que acabar, y que mantendría a todo el mundo clavado en la barra durante los cinco minutos siguientes.

Pero el estanquero chinorromano Ale Oh Oh sacó del apuro a Riccardo, el peluquero, al preguntar:

—¿Quién *sel* Peppino el *Loñeta*? ¿Y qué *quiele decil Loñeta*?

Luigi, el carpintero, no se lo podía creer, porque aquello era la excusa para, como decían en Roma, «hacer durar el caldo».

—Vamos a ver, lo llamábamos «el Roñeta» porque no se lavaba nunca; Roñeta viene de «roña». Pero ese no era el único problema que tenía el Roñeta.

—¡Claro! El Roñeta tenía montones de problemas —aportó Carlotta, porque estaba orgullosa de recordarlo también ella, aunque por entonces fuese solo una niña.

Luigi, el carpintero, retomó el cuento antes de que alguien sacara a colación otra historia que arruinara su momento de gloria.

—Decir que tenía problemas se queda corto. En aquella época, el padre de Mino, que en paz descanse, se dejó convencer para instalar en el bar una *jukebox*. Fue una revolución, medio día después parecía que nos hubiésemos convertido en el local de aquella serie estadounidense... ¿Cómo se llamaba? Ah, sí, *Días felices*.

Marcello intervino para burlarse de Luigi, el carpintero, uno de sus clientes favoritos, por cómo trataba de no pagar el café. Podría haber escrito un verdadero manual del gorroneo, con las técnicas más imaginativas para no tener que sacar la cartera.

—Claro, y tú eras Fonzie, el rey de los g...

Carlotta fulminó a su novio con la mirada antes de que pudiera acabar la frase, y lo dejó bloqueado.

Luigi, el carpintero, no se dio por aludido, porque, como decía siempre el pobre Dario, «el mayor desprecio es la indiferencia», y siguió hablando.

—Peppino el Roñeta estaba fascinado por la *jukebox* y siempre que podía le pedía unas monedas al padre de Mino para poner sus canciones favoritas. En realidad, una: «Immensamente», de Umberto Tozzi. Tanto la puso que en un momento dado hubo que cambiar el disco, porque estaba tan gastado que se había vuelto casi transparente. Metía la moneda, apretaba los botones y apoyaba los codos y la cabeza en la *jukebox* para cantar en voz baja junto a Umberto Tozzi. Un día entró en el bar completamente desnudo. Puso la canción, la escuchó como siempre y después, cuando estaba a punto de salir, se dio la vuelta y, mirando a los parroquianos, se puso a cantar el estribillo a todo pulmón con los brazos en alto, para luego indicarle al padre de Mino que cantara con él. Y ahí empezó un dúo que parecía más bien un canto de estadio. Al final, Peppino el Roñeta sonrió satisfecho y se fue. Una semana más tarde nos enteramos de que lo habían encerrado en un asilo, después de entrar en la farmacia y pedir una pastilla para la jaqueca, también sin ropa.

Riccardo, el peluquero, agitó la cabeza desilusionado.

—Qué pena, llegué demasiado tarde. Ahora lo único gracioso es ver la excusa que te inventas cada día para no pagar el café.

Todos los presentes se echaron a reír, pero ninguno vio la lágrima que resbalaba por la mejilla de Carlotta.

El recuerdo de su padre había sido uno de los principales motivos por los que había decidido volver al bar y ayudar a Massimo. Y es que el bar Tiberi había sido la vida entera de su padre.

Massimo solo escuchaba distraídamente aquellas pullas, porque tenía otras cosas en la cabeza. Ya había avisado a Marcello de que se iría por la tarde, así que cogió a Mina de la mano, saludó a la gentil compañía y salió con ella a la calle. El día era brillante, un anuncio de la primavera en mitad del invierno.

—¿Y entonces? ¿Qué sorpresa me has preparado?

Por una vez, Massimo mantuvo la seriedad.

—No te hagas ilusiones. Hoy no se trata de nada divertido, pero espero que sea útil.

Ella lo interrogó con su mirada.

—Disculpa. Vaya por delante que, si no quieres, lo anulo todo. La cuestión es que después de lo que me dijiste la última vez, pensé en echarte una mano.

—¿A qué te refieres?

—A que si tú estás intranquila, yo también, porque tus

problemas son los míos, por eso pedí una cita con el oculista y te acompaño. Ya verás como todo sale bien.

Mina abrió la boca pero no dijo una palabra.

—¿Hice mal?

Ella negó con la cabeza.

—¿Tienes miedo?

—No. Lo raro es que contigo no tengo miedo de nada.

—Pero no me pareces contenta, ¡estás llorando!

Sonrió avergonzada y se secó las lágrimas con el dorso de la mano.

—Es que nunca nadie me ha cuidado como tú.

Por fortuna, como sucede a menudo, resultó ser que la ansiedad y la preocupación relacionadas con la necesidad de eliminar el problema guardaban escasa proporción con el problema mismo (también por ello siempre es conveniente enfrentarse a la realidad con valor, porque a menudo no es tan terrible como se teme). Después de una cuidadosa revisión, de hecho, se reveló que la situación era estable y que no había nada en concreto de lo que alarmarse.

Massimo y Mina salieron felices y aliviados. ¿Y qué mejor manera de celebrar a la diosa de la visión que echarle un vistazo a uno de los panoramas más hermosos y secretos de Roma?

El legendario banco de Monte Mario era un sitio desconocido para casi todo el mundo; solo los romanos de toda la vida sabían de su existencia y cómo llegar allí. Era una especie de tesoro escondido, y como cualquier tesoro escondido que se precie, hacía falta un mapa para encontrarlo. Así, Massimo se citó con su enamorada a la primera luz del alba del domingo siguiente a la consulta.

El bar Tiberi, como hacía desde su inauguración sesenta años atrás, aquel día había cerrado por descanso semanal, una tradición esculpida en el tiempo que los miembros de la familia Tiberi habían transmitido de generación en generación.

Cuando Massimo aparcó el coche, el aire era fresco y el cielo estaba por completo despejado, cosa que hacía pensar que en lo alto alguien los amaba y quería disfrutar del día con ellos.

A la entrada del parque de Monte Mario había una plazoleta y un hombre paseaba a un perro. Massimo lo observó un momento y se preguntó si aquel señor se consideraba afortunado por tener un amigo de cuatro patas que lo obligaba a levantarse temprano por la mañana y le permitía disfrutar de ese momento de paz surrealista en Roma. Pero, al mirarlos mejor, se dio cuenta de que el hombre quería de veras al perro, porque a veces basta una simple caricia para demostrar que alguien ama de verdad...

Massimo no tomó a Mina de la mano. Había descubierto, y comprendido, que ella prefería cogerse de su brazo, porque así podía apretarse contra él y, mientras caminaban, de vez en cuando le apoyaba la cabeza en el hombro, cosa que a Massimo le encantaba.

Se adentraron en el denso bosque de Monte Mario, dejando que la naturaleza los acompañase y comentase el paseo, como si las hojas y las ramas de los árboles movidas por la ligera brisa matutina utilizasen un lenguaje de señas natural para comunicarse, mientras el rocío caído alrededor sobre las plantas perfumaba de vida el aire.

Los dos se quedaron escuchando el silencio. No porque no tuvieran nada que decirse, sino porque a veces las respiraciones valen más que mil palabras y, cuando estamos bien con una persona, el simple hecho de respirar juntos nos hace sentir vivos, como si hasta entonces hubiéramos contenido el aire.

De pronto, Massimo enfiló un caminito cuesta abajo y descendió junto a Mina unos cientos de metros; cuando el sendero se bifurcó en dos más pequeños, tomaron el de la izquierda.

Según continuaban, el sendero se fue convirtiendo en una subida cada vez más empinada y al final, en la cima, apareció de la nada una vista impresionante, como si se tratara de un espejo mágico que reflejara lugares desconocidos de otro tiempo.

Allí, en medio de todo y de la nada, había un banco aislado, el legendario banco de Monte Mario, desde el que se podía disfrutar un panorama único de la ciudad más pintoresca del mundo.

Mina soltó el brazo de Massimo, como si se hubiese quedado hipnotizada, y sin emitir un sonido se acercó al banco de madera solitario y desgastado.

Se sentó sin apartar la vista del increíble paisaje que se revelaba ante sus ojos con una belleza irreal.

De repente, pareció como si despertase y por fin cobrase conciencia de por qué estaba allí y de quién había tenido la generosidad de darle a su corazón una emoción tan grande.

Luego se dio la vuelta y, regalando a Massimo una de sus mejores sonrisas, lo invitó a sentarse junto a ella con un gesto, como si fueran los protagonistas de una de esas comedias románticas que se ven en el cine.

—Ven, ven aquí.

Massimo se acercó lentamente, como si tuviese miedo de perturbar el encanto de aquel paraje con un gesto erróneo o demasiado rápido.

Pero solo quería que cada segundo transcurrido en compañía de Mina durara para siempre, porque la hermosura nunca es bastante y ella era lo más hermoso de todo.

Se sentó a su lado y le tomó la mano, y ella, como esto no le bastó, se agarró de su brazo con las dos manos y lo apretó contra sí, pasando una de sus piernas sobre las suyas.

Massimo le sonrió, para luego hacerle el habitual pellizco en la mejilla y llevarse los dedos a la boca y besárselos.

Era un gesto que hacía a menudo, y ella se preguntaba si no sería más fácil darle un beso directamente en la mejilla. Volvió a pensarlo esa vez, y Massimo respondió a la pregunta tácita.

—Mi padre se lo hacía siempre a mi madre, hasta que un día le pregunté: «¿No sería más fácil darle un beso en la mejilla?». Él me miró como si le hubiera dicho la tontería más grande del mundo y me contestó muy serio: «¿Sabes una cosa? Un día le pregunté esto mismo a tu yayo, porque me hacía gracia aquel gesto que le hacía continuamente a tu abuela, en el coche, a la mesa, en el bar, cuando estaba por irse a casa, en mitad de la calle, cuando ella miraba los escaparates durante un paseo. Y el yayo me dijo lo mismo que le había dicho su padre cuando él se lo había preguntado: "¿Tiene que haber algún motivo para querer a alguien más que a tu vida? ¡Se quiere y ya está!". Y aunque fuese una respuesta que no casaba mucho con la pregunta, entendí su significado; figúrate, hasta entendí exactamente la lógica que vinculaba la pregunta a la respuesta, porque en el amor a menudo no hay motivos racionales para hacer lo que se hace, se hace y punto».

Mina comprendió lo que Massimo intentaba decirle y sonrió, sí, sonrió una vez más, porque ante el amor se sonríe siempre y si estás enamorado sonríes sin parar.

Cuando ella le echó los brazos al cuello, Massimo se dejó llevar incluso más cerca, hasta que sus labios quedaron tan próximos que no podían sino unirse, porque los de Mina eran la tierra y los de Massimo, la manzana que cae del árbol.

—¡Espera!

De repente, Mina se apartó y empezó a rebuscar en su bolso.

Massimo la miró divertido.

—¿Te echo una mano?

—No, no, ya lo he encontrado.

Sacó el móvil y se puso a escribir algo.

—Pero ¿te parece que es momento de enviar mensajes? —bromeó Massimo, dándole un pellizco en el brazo.

—No, ¿qué dices? Ya está. Ayer, cuando estaba en el trabajo, pusieron esta canción en la radio y de inmediato pensé en ti —dijo, y regresó para acurrucarse contra Massimo e inspirar hondo, lista para disfrutar de aquel instante, aquel lugar, aquel hombre, con la música de fondo ideal.

Y mientras los dos se perdían en la inmensidad de Roma,

las notas se convirtieron en cómplices de la belleza del paisaje y Mina tomó prestada la voz de Tiziano Ferro para decirle a Massimo que él era para ella el mayor regalo.

La vida es así, te la pasas corriendo en pos de alguna cosa, y un buen día caes en la cuenta de que para hallar la más importante de todas, la felicidad, bastaba con detenerte y sentarte en un banco con la persona adecuada.

Poco antes de partir, Massimo sacó el rotulador negro que había traído de casa y se lo dio a Mina.

—Escribe algo, una frase, y si todo va bien, a lo mejor el año que viene volvemos y la leemos de nuevo.

Mina lo miró intensamente, luego le cogió el rotulador de la mano y le quitó el capuchón. Sacudió la cabeza de un lado a otro con una expresión divertida.

—¿A lo mejor? ¿Si todo va bien?

—A lo mejor todo va bien... —repitió él a su vez, cogiéndole la barbilla con los dedos y acercando su boca.

—¿Y por qué va a ir bien?

Massimo le estampó entonces un beso larguísimo, y cuando apartó los labios era como si estos no quisieran saber nada de alejarse.

—Porque te quiero... —dijo de golpe Massimo, sin pensárselo demasiado. La frase se le formó en el vientre, le atravesó el pecho, pasó por el centro del corazón a la velocidad del pensamiento para salir por fin al aire como una mariposa que vuela por primera vez, llena de sorpresa.

Mina abrió bien los ojos de la felicidad y, dejando el rotulador en el banco durante un segundo, le tomó las dos manos a Massimo y las apretó suavemente.

—Me parece un buen motivo para que todo vaya bien...

—A mí también.

Mina volvió a coger el rotulador y comenzó a escribir, esperando que ese año no lloviera mucho y el mal tiempo no lo borrase, aunque se sabe que el verdadero amor lo resiste todo, incluso la intemperie.

Massimo leyó y no pudo estar más de acuerdo.

La frase de ambos, en el banco de ambos.

«No hay nada más hermoso que nosotros dos juntos.»

25

Sora Menica*

Notaron el intruso nada más entrar en su habitación rosa, entre otras cosas porque era imposible pasar por alto aquel sillón de cuero rojo fuego de un tamaño desproporcionado para el ambiente. Al principio les disgustó, luego hicieron el amor encima y le cogieron cariño. Pero quizá fue ese detalle, el hecho de que su nido de amor estuviese a merced del capricho y las decisiones ajenas, lo que impulsó a Mina a enfrentarse a la pequeña sombra que empezaba a proyectarse sobre la felicidad de los últimos tiempos.

—¿Massimo?

—¿Sí? ¿Estás bien?

Mina se abandonó a lo que en la práctica se había convertido en una especie de tic siempre que estaba con Massimo: sonrió. Sonrió porque Massimo era así, se preocupaba de que ella estuviese bien, siempre y como fuese, como si esta circunstancia se hubiese convertido en su sola razón de vivir.

---

* «Sor Menica», canción romana anónima.

Nunca había conocido a un hombre como él, y en poco tiempo se había vuelto el primero y el único, desdibujando todo cuanto había sucedido antes y condicionando la idea misma del futuro.

Había sido el primero en hacerla sentir realmente importante, incluso más que sus padres, el primero en hacerla sentir una mujer completa, el que la había llevado a descubrir que su cuerpo estaba compuesto de cuerdas invisibles capaces de crear una música hermosísima, hecha de sonidos coloreados.

—Mejor que nunca. Pero ¿puedo preguntarte algo?

—¿Debería preocuparme?

—Mientras me digas la verdad, nunca.

La verdad. Massimo pensó en todos los tópicos sobre la sinceridad en las relaciones de pareja, tales como «No se puede empezar una historia de amor con una mentira», o «Más vale decir la cruda verdad que una buena mentira».

En su fuero interno sabía que esas frases eran sensatas, pero también que a veces ser honesto no era tan simple, en especial cuando significaba arriesgarse a hacer sufrir a alguien.

Esperó, pues, que la pregunta de Mina no lo obligara a mentirle ni a ocultarle algo, como ya había sucedido en relación con el piso en el que ella se había instalado, el mismo donde vivía la mujer que le había roto el corazón cuando lo abandonó en el umbral del bar.

Así pues, se santiguó mentalmente y se preparó para responder a la curiosidad de Mina.

—Pregúntame lo que quieras.

Mina se puso de costado y, mirándolo fijamente, comenzó a hablar en voz baja, como si no quisiera que la oyera nadie más.

—No me malinterpretes: me encanta esta habitación, si un día me hiciese millonaria, lo primero que compraría sería este hotel. Si por mí fuera, habría cambiado las cortinas y habría traído algunas cositas para darle un toque personal, como una gigantografía de nosotros dos para colgarla sobre la cama. Pero lo que no entiendo es por qué no vamos nunca a tu casa o a la mía... Conociéndote, intento explicármelo como una forma de mostrarme respeto, porque por tu casa pasaron otras mujeres, empezando por la que te rompió el corazón antes de que yo viniera a arreglar las cosas...

Cuando Massimo hizo ademán de interrumpirla, Mina le puso un dedo sobre la boca, indicándole que la dejase hablar.

—Aparte de que para mí no hay problema, porque, en fin, todo el mundo tiene un pasado y habría que ser tonto para estar celoso de ello o querer borrarlo, lo cierto es que lo veo de la siguiente de manera: tu pasado te hizo tal como eres, así que no cambiaría ni una coma de tu historia. Pero, además de eso, me gustaría saber por qué evitas a toda costa también mi casa.

Pues bien, había llegado la tan temida pregunta, y Massimo comprendió que aquel podía convertirse en un momento decisivo de su vida, como en la película *Dos vidas en un instante*.

Así pues, a fin de no transformarlo en un eterno motivo de lamento, decidió decir la verdad.

Sin embargo, justo cuando estaba por empezar a hablarle de su historia con Geneviève, resuelto a no pasar por alto la información esencial, Mina batió un par de veces sus hermosos ojos de cervatillo, y sus labios en forma de corazón hicieron el resto.

En una fracción de segundo, Massimo la imaginó dando vueltas por su piso, melancólica y con miedo hasta de sentarse, o dormida, o duchándose allí donde el hombre al que amaba se había entregado a la mujer a quien había amado antes que a ella, preguntándose si la había amado más.

Así fue como Massimo se refugió en una omisión razonada de ciertos detalles, los mismos que poco antes se había sentido dispuesto a revelar. Se estaba equivocando, pero no podía evitarlo, y entretanto se preparaba futuros líos con el empeño y la perseverancia de quienes solo quieren hacer el bien.

Le habló de la señora Maria, desde el momento en que su pobre marido había entrado en el bar Tiberi para comprar leche y había encontrado a un niño de menos de un año llorando desconsolado en una cuna detrás de la caja.

—No habían podido tener niños, y en parte por eso me cogieron mucho cariño. No tardaron en proponer a mis padres cuidarme durante las largas jornadas de trabajo, entre otras cosas porque vivían justo enfrente. Mi madre solo conocía de vista a aquel señor y a su esposa, pero sabía que en la plaza Santa Maria in Trastevere los consideraban buenísimas personas, de modo que decidió aceptar la ayuda de aquel hombre de mirada bonachona y expresión dulce, y confiarle su hijo. De ahí en adelante, pasé buena parte de los días en casa de la señora Maria, que me cuidó como si fuera su hijo y a la que quise y sigo queriendo como a una segunda madre.

A continuación, Massimo le habló a Mina acerca de los últimos años de la señora Maria, del fémur roto, las tacitas de café que le llevaba a domicilio, del funeral.

—Pues bien, tu casa, el piso donde vives, es justo la casa donde vivía ella y donde pasé tantos años felices. Por lo visto, lo heredó una pariente lejana extranjera, que no vive en Roma y que se limita a alquilarlo. No sé por qué, pero no creo estar preparado para volver a poner el pie allí... Te parecerá una tontería, pero me da miedo que los recuerdos me sobrecojan nada más entrar.

Por supuesto, omitió el relato de su primer encuentro con la joven heredera, que lo había mandado al hospital tras romperle un jarrón en la cabeza y luego lo había seducido sin querer, robándole el corazón para nunca devolvérselo.

—Tarde o temprano iré, no te preocupes, pero creo que me hace falta un poco de tiempo.

Mina lo acarició y lo miró con seriedad, quizá lo comprendía todo, quizá no lo comprendía demasiado, pero sabía que el hombre que tenía al lado era lo mejor que le podía ocurrir.

Luego expresó sus pensamientos en palabras y, convencida, le dijo:

—No me importa dónde hagamos el amor, me basta con que lo hagamos. Tú y yo hacemos el amor, el amor. Lo demás no cuenta. Siempre he estado segura de que tenemos un destino en forma de una persona, y de que tú eras sin ninguna duda el mío.

Massimo la abrazó y se la sentó encima.

—«Era» no... Soy. Yo soy tu destino y tú eres el mío, es

obvio que entre nosotros debía ser así. Hemos vivido nuestras vidas, hemos tenido experiencias, hemos conocido gente, perdido a hombres y mujeres que creíamos que eran nuestro destino, pero el destino verdadero nunca se pierde. Ahora que lo sé, ya no perderemos a nadie, nos quedaremos juntos, hasta el final...

Mina comprendió que él la seguía deseando, la deseaba cada vez como si aún no la hubiera tenido.

Y para ella era igual. De haber sido posible que un genio de la lámpara le concediese tres deseos, seguro que uno lo habría destinado a él, tal vez dos, tal vez incluso los tres.

—Dios mío, qué hermosa eres. ¿No eres un sueño? ¿Eres de verdad? No vas a irte de un momento a otro, ¿no?

Ella lo miró, negando lentamente con la cabeza.

—No, estoy segura de que me voy a quedar.

26

Pe' lungotevere*

Las cosas entre Massimo y Mina funcionaban de maravilla, hasta el punto de que todos los clientes-amigos-familiares del bar Tiberi ya los consideraban una pareja de enamorados consolidada.

Los nuevos y antiguos baluartes, los caballeros de la barra redonda, habían convivido con el calvario por el que había pasado Massimo cuando lo había abandonado Ginebra, así como con el oscurantismo de una vida sin amor, pero, acabada por fin la Edad Media del bar, se quitaron la corona de espinas de la tristeza ajena y se emplearon en complacer a la que había llevado la luz de vuelta al reino para hacerla sentir como en casa.

Además, según había señalado con malicia Luigi, el carpintero, contaban con la siguiente ventaja:

—A esta al menos se le entiende cuando habla.

Incluso Carlotta se encariñó con Mina, y no perdía opor-

* «Por la margen del Tíber», canción de Romolo Balzani.

tunidad de charlar un poco con ella cuando la veía en el bar. Quizá porque, como todos los demás, le estaba agradecida por haber devuelto a la cara de su hermano una sonrisa renacentista.

Con Geneviève, Carlotta no había entablado una gran relación de amistad por varias razones: el carácter un poco cerrado de la francesa, que a veces parecía vivir en un mundo propio, y quizá los sanos celos de una hermana que había visto en ella una usurpadora del papel de mujer capital en la vida de Massimo.

Pero sobre todo se trataba de una cuestión de piel, la falta de la alquimia que resulta de manera natural cuando dos personas acaban de conocerse, la complicidad que nunca había florecido entre ellas y que con Mina, en cambio, poco a poco fue manifestándose cada vez más, hasta dar lugar a una verdadera amistad.

Carlotta cogió la costumbre de visitarla en el trabajo, siempre con algún dulce para ella, que enseguida ambas compartían sentadas en el banco situado delante de la tienda, durante una pausa de cinco minutos.

Para diversión de Massimo, Carlotta no tenía empacho en contar episodios vergonzosos de la infancia de su hermano. Y Mina se alegró de conocer también esa faceta de su novio, porque cuando te enamoras de una persona deseas haberla conocido desde pequeña.

—Era un caso serio, figúrate que el primer día de clase escupió a la maestra; en el Trastevere lo recuerda todo el mundo. Cuando los niños se reunieron a la entrada de la escuela con sus padres, el director los fue llamando uno por uno para asignarlos a sus maestros. Mi hermano, cuando le tocó el turno y vio a la suya, que según mi madre era muy fea, se echó a llorar diciendo que con esa no se iba.

»Entonces la maestra se le acercó y empezó a tirar de él con fuerza para llevarlo con los demás niños de su clase. En eso él se soltó y, después de gritarle: "¡Fea!", le escupió.

Mina empezó a reír sacudiendo la cabeza.

—¿Y entonces? ¿Qué pasó?

—Nada, a Mino lo mandaron a casa con una suspensión de un día. Creo que es un récord mundial, expulsado el primer día de clase de tu vida.

Las dos se echaron a reír, con una de esas carcajadas irrefrenables, y los transeúntes, a su vez, no podían evitar sonreír al mirarlas sin saber por qué.

Carlotta, haciendo un esfuerzo, logró parar, pero solo para seguir contándole a Mina las hazañas del pequeño gamberro de su hermano.

—Imagina que, una vez, la señora Maria lo regañó porque no quería tomarse la sopa, y él la miró muy serio y le dijo: «¿Sabes lo que te hace falta? Un verdadero hombre como yo».

Y de nuevo estallaron en carcajadas sin preocuparse por el mundo que las rodeaba. Finalmente, después de algunas risotadas sueltas, Mina logró recuperar el control. Tal vez, si hubiera conocido el tenor de aquellas conversaciones, Massimo no habría estado tan contento de que su hermana y su novia se llevaran tan bien.

Massimo cogió una ramita del suelo y la arrojó al Tíber. Unos días antes, Mina le había dicho que nunca había paseado por la orilla del río y que le encantaría hacerlo, y de inmediato él se puso a pensar en cómo contentarla, porque así es el amor, es soplar a diario las velitas de una tarta de cumpleaños y pedir un deseo que la persona que te ama se afanará en que se cumpla.

Así pues, un domingo por la mañana Massimo citó a Mina en el portal de su casa y, sin decirle nada, le tendió el brazo y empezó a caminar hacia el paseo del Tíber.

—Lo siento, tengo que confesarte que tu hermana y yo nos reímos mucho a tus espaldas, pero lo que me preguntaba y me sigo preguntando es cómo has llegado a ser tan bueno si eras tan malvado.

Massimo soltó una carcajada y, alejándose de ella, fue a sentarse en el muro del río, haciéndole señas de que lo siguiera.

—Ven aquí y te lo cuento.

Aun sonriendo, Mina pareció pensárselo un momento, luego se acercó y se sentó a su lado, dejando las piernas colgando sobre las aguas lentas y verdes del Tíber.

Massimo le cogió la mano, estrechándosela suavemente, y luego le dio como siempre un ligero beso en la mejilla.

Dios, cómo le gustaba su mejilla izquierda... No habría podido explicar el porqué, pero la adoraba, y le entraban ganas de besarla todo el rato, de acariciarla: era su mejilla, la parte del cuerpo de ella en la que habría plantado una bandera con su nombre. Tal vez porque era la mejilla del lado del corazón y él creía que cada mimo y cada caricia dedicados a esa zona le llegaban directamente al alma y que ella los sentía más, y le hacían comprender mejor que para él no eran un beso o una caricia cualquiera. No, no lo eran; eran otra forma de decir: «Te quiero», en silencio, y realmente esperaba que ella lo intuyera, y seguro que sí, porque en esos momentos lo miraba de un modo especial y le acariciaba la nuca, como para comunicarle sin palabras: «Yo también te quiero». Porque a menudo es gracias a los gestos más simples como comprendes que no estás solo en el universo.

Massimo siguió con los ojos el vuelo de una gaviota que planeaba sobre el agua.

—De hecho, mi madre estaba desesperada. Y sin saber a qué santo encomendarse, como suele decirse, decidió probar los caminos del Señor, quizá porque Antonio, el fontanero, a quien un día le aplasté un pie con la bici dentro del bar, le dijo: «Pero a este crío tienes que llevarlo a un exorcista». Así que una mañana fuimos a ver al párroco de Santa Maria in Trastevere, y mi madre le pidió ayuda. De entrada, no exactamente un exorcismo, sino un puesto de monaguillo en la misa. Y ahí empezó mi carrera eclesiástica, que duró cinco años. A lo mejor fue el temor reverencial que me inspiraba el párroco, un hombre severo y carismático, o quizá la intervención divina; lo cierto es que poco a poco me fui calmando, aplacando mis bríos infantiles, y me convertí en un niño tranquilo, bueno y educado.

»En esos años me convertí en un monaguillo con experiencia, hasta tal punto que don Amedeo me llamó a su lado para la misa que se emitió un domingo por la Rai, para orgullo de todos los clientes-amigos-familiares del bar, y la misa solemne oficiada por el papa Juan Pablo II, de quien mi madre guardaba celosamente, como una reliquia, una foto en la que se lo veía estrechándome la mano y sonriéndome. Un día, don Amedeo me llevó aparte y me preguntó si me interesaba entrar en el seminario para convertirme en sacerdote como él.

Mina sonrió y se llevó la mano a la frente, moviendo la cabeza.

—¡Ay, Señor, qué peligro!

Massimo le dio un empujoncito con el hombro.

—A ver, graciosilla, ¡yo habría sido el sacerdote más guapo de Roma! Pero al ver que le contestaba con poco entusiasmo, don Amedeo se dio cuenta de que quizá aquel era su sueño y no el mío, por consiguiente desistió de inmediato de la idea. Lo que sí hizo, en cambio, fue escribir una carta de recomendación para que me admitieran en una escuela secundaria privada muy exclusiva del barrio de Trastevere, llevada por los salesianos. Y tal vez deberías agradecer los tres años que pasé en esa escuela si soy el Massimo que ves y del que te has enamorado. Porque tú estás enamorada, ¿no?

A Mina la pregunta la cogió por sorpresa, pero enseguida se alegró de que se la hubiese hecho.

A veces perdemos demasiado tiempo evitando las cosas importantes, cuando alcanzaría con no arredrarse ante lo que puede cambiarnos la vida para mejor y hacernos felices.

Mina apoyó la cabeza en el hombro de Massimo y cerró los ojos, como si su mente buscara algo y no quisiera que la perturbara la belleza del entorno. Al final lo encontró, no una respuesta para Massimo, sino unas palabras que eludían la pregunta, volviéndola inútil: encontró una certeza. Mina volvió a abrir los ojos.

—Un día, en Facebook, leí un poema de una niña que se llamaba Giulia. Me impresionó mucho porque se titulaba «Muyenamorada», escrito en una sola palabra, y yo pensé que era una palabra hermosa, que lo decía todo, sin necesidad de añadir nada más. Me lo aprendí de memoria:

> Tu palabra es un poema,
> cuyo canto me despena.
> Si respiras, presto oídos;
> De mi amor no me desdigo.
> Estoy muyenamorada,
> con el alma como alada.
> Es un sentir muy tierno,
> y, a veces, hasta externo.
> Ando un poco aturullada:
> estoy muyenamorada.

»¿A que es bonito? A veces los niños tienen más valor que los adultos para explorar los sentimientos.

Massimo le dio un beso y le pasó el brazo por encima del hombro, estrechándola contra sí.

—¿Sabes una cosa? Te adoro. Adoro todo de ti: las cosas que dices, cómo las dices, lo que piensas, tu madurez, tu profundidad, la manera tan natural que tienes de ser dulce y sexy... Y ¡esos ojos, Dios mío, esos ojos! Me zambulliría en esa oscuridad luminosa que todo lo expresa y lo sabe... Y tu cuerpo, que parece salido de un bloque de mármol por obra de Miguel Ángel, que solo quitó lo superfluo porque la obra maestra ya estaba dentro...

Mina se acercó lentamente a Massimo y le frotó la mejilla despacito con la suya. Mientras le hacía esa caricia, le vinieron a la cabeza los pintores callejeros que había visto hacía poco en Piazza Navona, aquellos que retrataban a los turistas, aunque más que nada acentuaban sus defectos, creando caricaturas graciosas, y las personas que pagaban para salir más feas. Le fascinaba ver a los artistas dejar el carboncillo para difuminar los trazos con el dedo, creando una especie de claroscuro que daba veracidad a los contornos y las líneas de las caras retratadas. Ese era casi siempre el toque final.

En ese momento, Mina utilizaba su rostro para difuminar las palabras de él y hacer más claro su significado y darles veracidad.

Terminó la obra con un beso, cogiendo su labio inferior con los suyos y tirando ligeramente antes de soltarlo.

Luego se levantó y salió corriendo de improviso, gritando:

—¡El que llegue primero gana un batido!

Dado que el Tíber seguía hasta Ostia, Massimo no se paró a preguntarle: «Primero, ¿adónde?», porque para no perderla habría dado la vuelta al mundo a la carrera.

Echó a correr tras ella y listo, sabiendo que perseguía a la mujer a la que amaba. Finalmente, Mina ralentizó la marcha y se detuvo cerca de las escaleras que conducían a la calle; Massimo la alcanzó enseguida y juntos intentaron recuperar la respiración, que se mezclaba con la risa.

Se acercó a ella para tomar su cara con ambas manos y atraerla a un centímetro de la suya.

—¡Me dejas sin aliento!

—¡Pues toma el mío!

Y unió su boca a la de él, porque en el amor nadie llega primero y porque para tomarse el batido que él había perdido tenían toda la vida...

—¿Te gusta?

Mina asintió, sorbiendo por la pajita un poco más de batido, preparado rigurosamente con helado y leche de soja.

Al final, Massimo la había invitado a uno, y para hacer las cosas bien hechas la había llevado a una de las heladerías legendarias de Roma.

Un pequeño establecimiento artesanal escondido en un callejón, detrás de Piazza Navona, uno de esos sitios que parecen existir desde siempre y que solo los romanos conocen.

Sentados en uno de los bancos de mármol situados frente a la fuente de los Cuatro Ríos, Massimo y Mina, mientras sorbían el batido de avellanas y pistacho, se quedaron observando a una chica vestida con ropa estrafalaria y colorida que, con movimientos lentos y silenciosos, invitaba a los transeúntes a coger pétalos de papel de una pequeña canasta de mimbre.

Cada pétalo tenía escrito un mensaje, una frase, como si fuera una galleta de la fortuna.

Los más cautivados por los movimientos suaves y etéreos de aquella hada de las flores metropolitana eran obviamente los niños, que se le acercaban con cautela, casi con un temor reverencial, que su dulce sonrisa ahuyentaba enseguida.

Ella se les arrodillaba delante, les regalaba primero una

caricia y luego un pétalo de color, que los niños daban a leer a sus padres, a los que arrastraban ante el hada, más por miedo a acercarse solos que para compartir aquel momento mágico con mamá y papá.

A cambio del pétalo, el que quería podía dejar una moneda en otra cesta de mimbre.

Massimo se echó a reír al ver a un niño que, cuando su padre le puso delante un monedero lleno de calderilla para que cogiera una moneda, se lo llevó todo y lo vació en la cesta antes de que su padre pudiera detenerlo.

Obviamente, los presentes miraron al padre preguntándose si se atrevería a agacharse para recuperar el dinero, pero el hombre, al sentirse observado, tomó a su hijo de la mano y se alejó a toda prisa, regañándolo suavemente por su excesiva generosidad.

—Me parece que para ese niño no habrá juguetes por un tiempo —comentó Massimo antes de darle a Mina el enésimo e imprescindible beso en la mejilla.

De vez en cuando, ella se preguntaba si Massimo se situaba a propósito a su izquierda para darle esos besos que ella adoraba, siempre perfectos, por su textura, duración, tiempo y ligereza, y sumamente hermosos. Y todos para ella.

—Si serás bobo, para mí la chica se merecía todo el dinero. Bien por el niño. La chica es tan fascinante, tan exótica que parece un personaje de *Las mil y una noches*.

—¡Como tú!

Entonces le tocó a ella besarlo en la mejilla derecha.

—Gracias, pero creo que perdí mi encanto indio hace tiempo, si es que lo tuve en algún momento.

—¿Cuándo estuviste en la India por última vez?

Mina siguió observando cómo se movía el hada entre una bandada de niños.

—La última fue para el funeral de mi abuelo, cuando yo tenía quince años, y tuve que huir de noche con mis padres para volver a Italia.

—¿Cómo que huir de noche?

—Tal como lo oyes. Lo cierto es que, sin que lo supieran mis padres, poco antes de morir mi abuelo había arreglado una boda entre mi primo y yo; total, que estaba prometida en matrimonio. Mi primo era un chico muy simpático, y desde que llegué a Bombay no se me despegó un instante, me acompañaba a cualquier sitio donde quisiera ir. Se portó muy bien, me dio regalos, me compró helados, una noche incluso intentó besarme, pero yo me negué.

Massimo no pudo evitar intervenir.

—¡Bien hecho!

Mina se echó a reír y le dio un empujón con el hombro.

—¡Qué tonto eres! En cualquier caso, mis parientes indios ya estaban organizándolo todo en secreto, convencidos de que al final mi padre no se opondría a la última voluntad de mi abuelo. Tuve la suerte de que una noche, mi madre, que no podía dormir, saliera al jardín a fumarse un cigarrillo y allí escuchara a mis tías hablar de los últimos preparativos de la boda. Enseguida despertó a mi padre y le contó lo que acababa de oír; él, sin pensarlo dos veces, nos despertó a mi hermana y a mí, ayudó a mi madre a hacer las maletas y, poco antes del amanecer, mientras todos los demás dormían, nos sacó de la casa y nos metió en un taxi para ir derechos al aeropuerto, donde tomamos el primer vuelo que salía hacia Italia.

Massimo sacudió la cabeza de un lado a otro, visiblemente perturbado por el relato.

—Es increíble que sigan pasando cosas así en este siglo. Recuérdame que le dé las gracias a tu padre cuando lo conozca. Y te juro que no te he comprado el batido para que te casaras conmigo.

—Ah ¿no? Yo esperaba que sí...

Mina bajó los ojos y empezó a dibujar pequeños círculos en el suelo con la punta del pie.

Massimo le quitó de la mano el vaso vacío del batido, lo dejó en el banco y la obligó a mirarlo a los ojos.

—Siempre eres la razón de mis mejores risas, mi deseo más insaciable, la prueba más palpable de que los cuentos de hadas son reales; todos tus gestos, tus besos, tus caricias o tus palabras son pétalos de colores que se posan en mi corazón con un mensaje que es siempre el mismo: «Las cosas únicas se llaman así porque no hay otras iguales», y para mí tú eres única.

Mina lo besó en la nariz y, después de unos segundos de silencio, le pidió en voz baja:

—¿Me coges un pétalo del hada de las flores?

27

Alla Renella*

—¿Sabes por qué me gustan los semáforos en rojo? ¡Porque me dan la oportunidad de besarte!

Massimo clavó la vista en la calle en cuanto se encendió la luz verde y se dirigió a toda velocidad a la tienda de Mina.

—Me vas a gastar de tanto besarme —dijo.

Mina abrió la boca de la sorpresa y trató de vengarse haciéndole cosquillas mientras decía:

—¡Mira quién habla, no haces otra cosa de la mañana a la noche!

Massimo intentó liberarse sin quitar las manos del volante.

—¡Para, porfa! A ver si tendremos un accidente.

Mina dejó de burlarse de él y se recostó en su asiento con los brazos cruzados y la cara enfurruñada.

—Querrás decir un incidente... diplomático.

Massimo se echó a reír.

* «En la arenilla», canción anónima romana.

—Estás muy guapa cuando te enfadas. Lástima que suceda tan poco.

—Eres muy antipático cuando quieres. Lástima que suceda tan a menudo.

Él entonces volvió a reírse y estiró la mano para fastidiarla, pero Mina se defendió con denuedo y devolvió golpe a golpe, intentando sin éxito seguir enfadada.

—¡Para, para! ¡Que hay policías!

Mina se detuvo de inmediato y volvió a sentarse tranquila, como cuando la profesora te pillaba en la escuela charlando con tu compañera de mesa en clase.

—¿Nos han visto?

—¿Quiénes?

—Pues los policías.

—¿Qué policías?

En aquel instante Mina se dio cuenta de que había caído en la trampa y no había ningún policía.

—De verdad... Vale, dejémoslo.

—¿Sabes?, me he quedado pensando en el mensaje del pétalo que te dio el hada de las flores. ¿Cuál es el sitio que más te gustaría ver? Con el amor como compañero de viaje, claro.

Mina sacó el pétalo del bolsillo del pantalón y releyó el mensaje: «Con el amor como compañero de viaje, cada sitio que visites será el más hermoso que hayas visto nunca».

Ella y Massimo se sorprendieron de que el destino, de entre tantos pétalos y tantos mensajes posibles, se divirtiese mandándoles justo aquel después de la charla sobre la India.

—Hay un lugar donde siempre he soñado con ir. ¿Has visto a esos condenados a cadena perpetua que tienen pegada en la pared de la celda la postal del primer lugar al que irían si algún día tuvieran la oportunidad de salir de la cárcel? Bueno, yo llevo la postal pegada en el corazón. En realidad, descubrí el sitio por casualidad, en la película *La mandolina del capitán Corelli*. ¿Te suena? Es la de Nicolas Cage y Penélope Cruz, ambientada en Cefalonia durante la Segunda Guerra Mundial. Quería conocer mejor la historia, así que empecé a buscar noticias en la red y de repente me topé con la imagen de un pueblo en un acantilado, con casas blancas y techos azules, planos o abovedados. Era tan precioso, distinto y fascinante que parecía de otro planeta. Enseguida descubrí que mientras navegaba me había desviado mucho; de hecho, la foto no tenía nada que ver con Cefalonia ni con la guerra, sino que era una vista de Santorini. Desde entonces no hago más que soñar con asomarme una mañana por una de esas casas y sentirme un poco como si yo también fuera de otro planeta.

Massimo asintió con la cabeza.

—Ya eres de otro planeta, ni falta que te hace ir a Santorini. En cualquier caso, conozco la isla y también la película. Es hermosa, sobre todo la escena en la que él le compone una melodía, la interpreta delante de todo el pueblo y le da su nombre...

Ella lo interrumpió un momento.

—Pelagia, que en griego significa «del mar».

—¿Por qué no has ido nunca? —preguntó él.

Mina lo miró fijamente.

—Porque no es un lugar para ir solo, y sin el amor como compañero de viaje, cualquier lugar que visites no será el más hermoso que hayas visto. Y yo quiero que Santorini lo sea.

—Pues entonces vayamos juntos. Puedo ser tu compañero de viaje; cuando estoy contigo, el amor y yo somos la misma cosa.

La idea se le ocurrió cuando regresó al bar después de dejar a Mina en el trabajo.

En los últimos tiempos, a menudo las comunidades de vecinos, a fin de amortizar los costes de una reforma, daban a una empresa la oportunidad de utilizar la fachada cubierta por andamios para promocionar un producto con una imagen extendida que ocultaba las obras. Massimo, mirando el enorme smartphone de última generación que ocupaba toda la fachada del edificio que estaba al lado de la tienda de Mina, había tenido una idea loca, y en cuanto regresó al bar puso manos a la obra para realizarla esa misma noche.

—¿Lo dices en serio? —comentó Marcello, no muy convencido.

—Sí —insistió Massimo—, llama a tu primo el pintor y dile que venga enseguida, que es una cuestión de vida o muerte.

—¿Por ejemplo, que si no viene, podría acabar muy mal?

—Bueno, no exageremos... Pero dáselo a entender.

Con una sonrisa, Marcello cogió el teléfono y, mientras buscaba el número de su primo en la lista de contactos, con cara de perplejidad, continuó preguntando:

—Pero ¿cómo se lo tomarán los parroquianos de siempre? ¿Qué van a pensar cuando lo vean?

Massimo miró a Marcello, dándole a entender que su decisión iba muy en serio y que no pensaba discutirlo más.

—De pensar, nada, solo tienen que tomar el café y tú tienes que preparárselo rico. No siempre, ¡eh! Pero de vez en cuando.

Finalmente, Marcello marcó el número y se llevó el auricular a la oreja.

—¡Alvà! ¡Tienes que venir al bar Tiberi ya mismo! Para pintar una cosa... Que si no, Mino me pone de patitas en la calle.

«Un penique por tus pensamientos» es la frase que dicen algunas chicas estadounidenses para expresar que estarían dispuestas a pagar por saber lo que tienen en mente los chicos con los que están; también la decía Jeanne Moreau en la película *Querelle*.

Pues bien, nadie habría gastado un penique en Massimo, porque siempre pensaba en ella antes que nada.

Y a un hombre así de entregado se le nota enseguida cuando se enamora y, sobre todo, de quién. En poco tiempo, cualquier persona que estuviera a menos de un kilómetro a la redonda había oído hablar de la hermosa muchacha de Verona que había llegado en busca del café con Nutella.

Mina se dio cuenta al hacer la compra en las tiendas del Trastevere: algunas personas con las que apenas había cruzado un saludo o a quienes no había visto nunca le dedicaban todas las atenciones posibles, le hacían descuentos o le daban los mejores productos, y todo porque era la novia de Massimo.

En psicología, este fenómeno se denomina «asociación»: si estaba con Massimo, sin duda sería alguien especial.

Por eso se había quedado preocupada la noche anterior, cuando él la había despachado diciéndole lo siguiente:

—Hoy no podemos vernos, porque después de cerrar el bar tengo que hacer algo importante.

El problema no era que tuviera que hacerlo, sino que ni se le hubiese ocurrido comunicarle de qué se trataba.

Y encima, en lugar de darle las buenas noches por teléfono, como siempre, le había mandado un simple mensaje diciendo: «Ahora no puedo llamarte, hablaremos mañana. Buenas noches, Pelagia».

Esa referencia a la película sobre la que habían charlado por la tarde había atenuado ligeramente su decepción.

Aun así, la verdad era que quería dormir con él; lo hacía todas las noches de sábado en la habitación rosa, y era maravilloso despertarse juntos y hacer el amor antes del desayuno y después del desayuno y antes de la ducha, durante la ducha y después de la ducha, pero al cabo Mina se hartó de despedirse de él las demás noches para verlo cruzar la plaza en dirección a su casa.

Ya estaba claro que para los dos «casa» era el lugar donde podían estar juntos. Mina había pensado en dejar el piso donde vivía y alquilar otro, pero era consciente de que no le resultaría fácil dar con uno tan cerca de Massimo y a un precio tan asequible.

Además, era muy bonito llamarlo nada más despertarse, esperar en la ventana a que saliera del bar y hablarle así, mirándose desde lejos casi como unos Romeo y Julieta modernos, aunque con la certeza de que nada ni nadie se interpondría en su historia.

Una vez incluso le había hecho una foto en la que se lo veía delante del bar con el cartel azul donde ponía bar Tiberi sobre la cabeza.

A la mañana siguiente, como le tocaba abrir la tienda, Mina se levantó temprano y ni siquiera tuvo tiempo de levantar las persianas.

Mientras se maquillaba frente al espejo del baño recordó la pequeña decepción de la noche anterior y decidió que no era nada comparado con la suerte que le había tocado. Ya sabía con quién viajar a Santorini, y eso no tenía precio.

De repente oyó el pitido de su móvil, que la avisaba de la entrada de un mensaje.

Era de Massimo: «Bienvenida a Santorini, Pelagia. Ahora puedes asomarte por la ventana».

El primo de Marcello, Alvaro, se había lucido con creces: había creado de verdad su Capilla Sixtina, transformando las persianas del bar Tiberi en una obra de arte digna del *Juicio final*.

Cuando Mina se asomó por la ventana y miró el bar de Massimo, no dio crédito a sus ojos: en el lugar de la entrada estaba Santorini con su maravillosa belleza.

Las casas blancas, las cúpulas azules y la luz del alba iluminando los acantilados sobre una franja de mar eran tan perfectas y tenían tanta profundidad que te transportaban, arrancándote del tiempo y el lugar desde donde observabas esa obra maestra.

Por un momento, Mina pensó que su sueño se había vuelto realidad. Y cuando Massimo apareció de la nada y se paró frente al paisaje haciendo una ligera reverencia, ella decidió que aquel era el lugar más hermoso que había visto nunca.

Y por supuesto tenía al amor como compañero de viaje.

28

Arrivederci Roma*

El domingo siguiente Massimo decidió llevar a Mina a conocer uno de los lugares más bellos del litoral romano: San Felice Circeo, una localidad costera famosa desde la Antigüedad, situada a unos cien kilómetros de la capital. Desde luego, no sería lo mismo que ver Santorini, pero los acantilados del Parco del Circeo no tenían nada que envidiar a los de la famosa isla griega. En esa ocasión, Massimo optó por ver la puesta de sol, porque estaba seguro de que era el mejor momento para apreciar los magníficos colores del paisaje.

Los pies de Mina se hundían en la orilla. El chapoteo del agua helada le rozaba la piel y le daba una relajante sensación de bienestar.

Mientras, Massimo caminaba a su lado, preguntándose cuándo fue la última ocasión en que había estado allí. Francamente, no se acordaba. A lo mejor poco antes de que muriera

* «Hasta pronto, Roma», canción de Renato Rascel, Pietro Garinei y Sandro Giovannini.

su padre, y quizá por eso no había regresado. Ahora, sin embargo, se sentía en paz consigo mismo.

El mérito era sin duda de la mujer que tenía a su lado. Sonrió de satisfacción y Mina se dio cuenta.

—Te sonríes solo. ¿Estabas pensando en algo bonito?

—¿En serio me lo preguntas? Mira qué día tan estupendo, el mar está espléndido, la playa es un paraíso y...

—Y tienes la suerte de ir acompañado por una mujer de una belleza deslumbrante. Ibas a decir eso, ¿no?

—¡Exacto! Eso mismo. Y sobre todo una mujer de una modestia excepcional, que ha hecho de la humildad su punto fuerte.

Mina se rio y lo salpicó con el pie, y luego salió corriendo. De nuevo, Massimo, cogido una vez más por sorpresa, se quedó quieto un momento antes de lanzarse a perseguirla.

Estaba a punto de alcanzarla cuando ella se detuvo de repente y se sentó frente al mar.

—Buena chica, casi casi podemos salir a correr juntos.

Massimo se sentó a su lado para admirar también el agua cristalina acariciada por los últimos rayos de sol del día, y ella le apoyó la cabeza en el hombro.

—Pero ¿cómo es posible que cada lugar que veo contigo sea algo extraordinario?

—Los romanos tenemos suerte: nuestra ciudad lleva siglos propagando la belleza. También por eso Roma no acaba nunca. Porque incluso fuera de la ciudad siempre encuentras cosas que te la recuerdan, un apéndice del centro del mundo que parece extender una historia de amor de por sí interminable. Piensa en Villa d'Este y Villa Adriana en Tivoli, en Castelli Romani, o en este trecho de costa, el más hermoso de todos, el buen retiro de los emperadores.

Massimo había bajado el tono de voz hasta hablar apenas en un susurro, como si esas palabras hubiesen corrido un velo de tristeza sobre su corazón.

—¿Va todo bien, cariño? —dijo Mina, preocupada por aquel brusco cambio de humor.

—Sí, es que la última vez que vine aquí fue con mi padre. A él y a mi madre les encantaba esta playa, este pueblo. Parece que fue aquí donde se dieron el primer beso. Siempre que mi padre nos lo contaba, mi madre se burlaba de él diciendo que se lo había dado con las gafas de sol puestas. Nunca se lo perdonó.

Massimo lanzó una concha a las olas del mar agitado.

—Debían de hacer una hermosa pareja.

—Sí, se querían muchísimo. De hecho, no me parece casual que mi madre falleciera poco después que él. Mi padre, cuando mi madre le echaba en cara lo de las gafas de sol, le contestaba que se había resarcido besándola sin gafas en todos los lugares donde habían estado.

—¿Y tú crees que eres como tu padre?

—Yo soy mejor... No llevo gafas de sol.

Dicho esto, le tomó la barbilla con una mano y la besó delicadamente.

—Venga, vamos, te llevaré a ver el acantilado más hermoso del mundo antes de que anochezca.

Mina se levantó y, después de sacudirse la arena de la ropa, siguió caminando por la orilla del mar.

Massimo, en cambio, se quedó sentado un momento más

para observarla mejor, haciendo visera con la mano para protegerse del sol rasante, y luego se puso de pie para seguirla. Cuando enfilaron un senderito oculto detrás de la playa, Mina no tardó en percatarse de lo distinto que era todo. De entrada, el silencio, que daba al viento la posibilidad de dialogar con el mar. Luego los perfumes, que, libres de todo impedimento, aromatizaban el aire, mezclándose con sus respiraciones. Por último, los colores matizados, protagonistas de aquel lugar tan encantador que parecía irreal.

Mientras tanto, el sol, jugando con la luna, comenzó a ponerse en el horizonte.

Poco a poco la luz adquirió un tono rojo difuso, y todos los árboles, arbustos, plantas, hojas, flores y piedras de las cercanías parecieron iluminados por la llama de una vela. La composición de la luz era digna del mejor Henri Fantin-Latour.

De repente se oyó a lo lejos un aleteo. Una gaviota, solo una gaviota blanca. Massimo guardó silencio un momento; no quería quitarle a Mina el placer de aquella soledad con palabras inútiles; quería dejarla sola con los sonidos de la naturaleza circundante.

Fue ella quien habló.

—Estaba pensando en lo mucho que se desperdicia este silencio si no tienes nada que decir.

Massimo se quedó perplejo ante esa frase un poco extraña.

—¿A qué te refieres?

—Mira, ponte aquí.

Mina se alejó un poco, dejándolo en medio del camino, y

se dirigió el pico más cercano del acantilado. Cuando estuvo a un paso del borde se quedó inmóvil a pocos centímetros del vacío, con el viento agitando su largo pelo lacio; las olas espumosas del mar se extendían como manos suplicantes hacia aquella princesa, como si le rogaran que se reuniera con ellas. El silbido de la brisa marina parecía comunicarse con Mina mediante un lenguaje ancestral.

Massimo la miró preocupado, y cuando ella se asomó aún más le entró miedo y fue a alcanzarla casi corriendo, pero se detuvo unos pasos antes. Mina se había llevado las manos a los lados de la boca y comenzó a gritarle al mar a pleno pulmón.

—¡Mino, te quiero!

Massimo se dejó caer al suelo. Y cuando ella se volvió con el pelo y la ropa mojados por las salpicaduras del agua, no pudo resistir un segundo más, así que se levantó de golpe y fue a su encuentro.

Mina hizo lo mismo, pero antes de alcanzarlo tropezó con una piedra y perdió el equilibrio.

Y no cayó porque Massimo dio un salto y consiguió cogerla entre sus brazos antes de que tocara el suelo.

Se quedaron así, estrechándose en un tierno abrazo, mientras el pelo húmedo de Mina mojaba la camisa de Massimo.

—¡Estás loca de remate! Podrías haberte caído, ¿sabes?

Le quitó el pelo de la cara, despejando sus maravillosos ojos robados al mar que se extendía debajo.

Mina lo miró seriamente.

—Tú no lo habrías permitido.

—No, nunca lo habría permitido. Venga, arriba.

Le tendió la mano y ella se la dio, entrelazando sus dedos con los suyos.

—Pronto será de noche. Deberíamos volver.

Así pues, echaron a andar de la mano, abriéndose paso por el crepúsculo iluminándolo con sus sonrisas.

29

Passione romana*

En Roma nunca nieva; de hecho, todo el mundo recuerda las pocas nevadas que han caído y cada cual tiene una anécdota al respecto.

También en la vida de Massimo había caído una gran nevada, pero los copos no solo se le habían metido en el cuello de la camisa, sino que lo habían cubierto por entero.

Y así como Roma nunca está preparada para la nieve, Massimo tampoco estaba preparado para Geneviève.

Cuando la francesa entró en el bar Tiberi tenía lugar un acontecimiento de los que hacían época.

Luigi, el carpintero, estaba invitando a un trago a todos los presentes después de ganar quinientos euros con un rasca comprado en el estanco del chinorromano Ale Oh Oh, que le pedía un porcentaje de las ganancias, a pesar de que Luigi, el carpintero, no tenía ninguna intención de repartirlas.

* «Pasión romana», canción de Balilla Lupi y Romolo Balzani.

—Tú *dalme* algo, debes *sel geneloso* como la *foltuna* contigo.

Luigi negó con la cabeza, entre las risas generales.

—No, hombre, ni una lira, o más bien ni un euro.

Riccardo, el peluquero, intervino como siempre para calmar los ánimos, tratando de restablecer la paz entre los dos.

—Venga, Luì, Ale Oh Oh te dio el billete, lo eligió entre docenas de posibilidades; parte del mérito de que ganaras es suyo.

En ese punto, Marcello sintió el deber de ponerse del lado de Luigi, el carpintero.

—Pero ¿qué dices? Por una vez que este tiene dos duros con que reembolsar los cafés y pagarles algo a los demás, ¿le quieres quitar una parte del capital para la mafia china? Esos invierten la guita en la guerra. Habrás visto que incluso están haciendo pruebas con misiles nucleares en el mar del Japón.

Carlotta, alias la reina Grimilda, levantó de golpe la vista del libro que estaba leyendo detrás de la caja, apoltronada en su trono, a fin de restaurar el orden en su reino.

—¡Corea del Norte! El país que está haciendo pruebas nucleares en el mar del Japón es Corea del Norte, no China.

Las últimas palabras se le quedaron atragantadas al ver a la chica que acababa de cruzar el umbral del bar.

Massimo se dio cuenta de que de pronto su hermana mudaba de expresión y palidecía como si hubiera visto un fantasma, de modo que paró de reírse con los demás para seguir su mirada. Por un momento dejó de respirar y susurró en una suerte de lamento el nombre de la mujer que había ocupado durante tanto tiempo sus sueños y sus pesadillas.

—Geneviève...

Luigi, el carpintero, y Marcello soltaron la misma exclamación al unísono, el primero al reconocer a la chica, el segundo al reconocer el nombre que había oído tantas veces.

—¡Joder!

En el bar Tiberi se hizo un silencio absoluto, hasta tal punto que ya no parecía dicho bar, sino que bien hubiera podido llamarse el bar Mediodía de Fuego o algo por el estilo; los que no entendían qué ocurría secundaron la reacción de los clientes-amigos-familiares y reprimieron cualquier ruido.

Massimo, como atraído por una fuerza gravitatoria, abandonó lentamente la barra y fue hacia Geneviève, que lo esperaba de pie en medio del bar con una representativa maleta de ruedecitas.

No hubo emociones descriptibles, ni sentimientos explicables; Massimo se zambulló en una zona muerta, oscura y sin muros, de manera que, a pocos centímetros de ella, extendió una mano para ver si no se trataba solo de un sueño.

Y ella hizo lo que hacía cuando estaban juntos, inclinó la cabeza de lado y puso su mano sobre la de él, cerrando los ojos para volver a abrirlos y decirle las mismas palabras que otrora...

—No, no soy un sueño, estoy aquí, contigo...

Entonces sucedió algo: Geneviève percibió algo que desentonaba en el bar.

Había un elemento profundamente diferente, una ausencia, una ausencia muy importante. Lanzó una mirada a su alrededor, como si hasta entonces no se hubiese dado cuenta de dónde estaba, y sintió una especie de vacío, acompañado de un escalofrío.

De repente, sus ojos se posaron en Marcello, que se hallaba de pie detrás de la barra; acostumbrada a tratar con acertijos, pensó de inmediato en el juego de «buscar al intruso», y allí no había duda de quién era el intruso. Geneviève volvió la vista hacia Massimo y, con una mirada seria, se lo preguntó de un modo que sugería una tormenta inminente, no una llovizna de verano, sino uno de esos huracanes con nombre que asolan las costas estadounidenses durante días.

En este caso no habría costado nada encontrarle un apodo; el huracán llegaba bautizado.

—Menó, ¿dónde está Dario?

Carlotta bajó los ojos instintivamente y lanzó una mirada a Marcello con una expresión de advertencia, como diciendo: «¡Más vale que te pongas a resguardo!».

Massimo intentó sostenerle la mirada a Geneviève sin inmutarse, pero el dolor por la pérdida de su mejor amigo y la culpa de no haberla avisado a ella hizo que se le humedecieran los ojos, lo cual reveló la cosa más estúpida que había hecho en su vida.

La bofetada cogió a Massimo por sorpresa: el brazo de Geneviève cruzó el aire a tal velocidad que él solo se dio cuenta de que lo había alcanzado al sentir el chasquido y el fuerte ardor que le dejó la mano de ella en la mejilla.

Todos los presentes en el bar se quedaron con la boca abierta, sin decir palabra; solo Luigi, el carpintero, tomando del brazo al estanquero chinorromano Ale Oh Oh, que estaba visiblemente perturbado por la escena que acababa de presenciar, hizo un comentario en voz baja para tranquilizar al supuesto amigo oriental.

—No te preocupes, ¡le da siempre! Lo hace con cariño.

Massimo no se movió; era consciente de que se lo tenía merecido, así que guardó silencio, sin saber qué decirle, porque cuando se hace una idiotez hay muy poco que hablar. Solo cuando dos lágrimas rodaron por las mejillas de Geneviève, se recompuso e hizo lo que mejor sabía hacer: proteger a quien quería.

La estrechó entre sus brazos.

Ella se abandonó contra él sin oponer resistencia, estallando en un llanto entrecortado, y entre un sollozo y el siguiente le preguntó una y otra vez:

—¿Por qué no me lo dijiste? ¿Por qué no me avisaste? ¿Por qué?

Y Massimo, con la voz rota por la emoción, le dijo la verdad:

—Porque tú y yo no podemos ser amigos. Porque no quería verte aquí, porque mi corazón había dejado de sangrar hacía poco y verte habría puesto en peligro mi recuperación.

Geneviève tomó distancia, Massimo se apartó a su vez, cogió una servilleta de papel y le secó las lágrimas. Solo pudo pensar que no había cambiado, que seguía siendo hermosa.

—Lo siento, Menó, no quería hacerte daño. —Y le acarició tiernamente la mejilla que había golpeado.

—Yo tampoco. Vamos, te llevo a verlo.

30

Notte romana*

En toda historia de amor que se precie siempre hay un muerto o alguien que muere; no tiene por qué tratarse de uno de los dos amantes, puede ser un pariente o un amigo de ellos.

Y es que el amor es vida y es muerte, y desde los albores del tiempo las historias más memorables, las inolvidables, casi siempre acaban mal o con la muerte de uno de los amantes.

Asimismo, en la historia de Massimo y Geneviève, el cementerio había desempeñado un buen papel: después de todo, ella había ido a Roma a causa de la defunción de la señora Maria, mientras que la tumba de Mel simbolizaba los lazos que no había conseguido cortar; en resumen, el cementerio era el sitio donde la vida, la muerte y el amor se reunían para debatir qué hacer, y cuál de ellos tres debía acompañar a los amantes hasta el final de su viaje sentimental.

Las más de las veces, o en verdad casi siempre, el amor se

* «Noche romana», canción de Giorgio Consolini.

encargaba de esa grata tarea, porque el amor estaba enamorado en secreto de la vida y viceversa, de manera que ambos buscaban cualquier excusa, o pretexto, para estar juntos, con la venia de la muerte, que se retiraba de buen grado a sabiendas de que había nacido para estar sola, esperando el momento de intervenir.

Por desgracia, el destino quería que la muerte llegara a la fiesta cuando ya se habían marchado todos, empezando por el amor y la vida. Aunque hay quien dice que a veces el amor permanece, a pesar de que la vida ya no esté.

—Menó, ¿cómo has conseguido reunirlos? No estaban casados, no eran parientes.

Geneviève y Massimo miraron la foto en blanco y negro de la lápida, en la que la señora Maria iba del brazo de Dario, y los dos estaban sonrientes y felices.

—Pues busqué la manera, aquí en Italia siempre nos las arreglamos, para bien o para mal. Tenemos esa fama. Digamos que le conté a la persona indicada la historia de los dos, y Dario me había dejado un dinero por si lo necesitaba para cumplir sus últimas voluntades. En realidad, solo tenía una: esta.

Geneviève tomó a Massimo de la mano, entrelazando sus dedos con los suyos.

Como en otro tiempo, él se la estrechó, casi como si tuviera miedo de que pudiese dejarlo de un momento a otro.

A pesar de que ahora sabía que estrecharle la mano no le impediría marcharse.

Habían hablado mucho en el coche mientras iban hasta el cementerio; él le había contado las últimas noticias del bar

Tiberi, las cosas que habían ocurrido en esos dos años, desde que ella volvió a París con su hermana Mel.

Que muchos de los clientes-amigos-familiares de siempre, los que ella había conocido en su estancia en Roma, habían decidido, cada cual por sus motivos, mudarse a otra parte.

—Tú nunca abandonarías Roma, ¿verdad, Menó?

Lo dijo con una sonrisa amarga, mirando por el rabillo del ojo al hombre que tenía a su lado.

—No, yo no. Nunca me marcharía. No abandonaría Roma por nada del mundo. Las cosas importantes están aquí.

Al oír esa respuesta, Geneviève no pudo contener un largo suspiro, casi un reflejo condicionado de resignación.

—Lo sé —contestó al cabo de un momento. Y, en un susurro, añadió—: Ni siquiera el amor te ha movido un palmo.

—¿Cómo? —dijo él.

—Nada, está bien así. Las raíces mantienen en pie los árboles.

—Tu italiano ha mejorado a pasos agigantados.

—¿En serio? He tenido buenos maestros romanos.

—Supongo.

Entonces se hizo un silencio incómodo.

—¿Ahora mismo hay alguna mujer en tu vida, Menó?

Massimo apretó la mandíbula; sabía que tarde o temprano saldría el tema, y sintió un poco de rabia al pensar que ella se interesaba por saber si había otra persona en su corazón.

Se dio unos segundos para responder la pregunta.

Temía que ella pensara que había empezado a salir con la chica a la que le alquilaba el piso por pura venganza. Y no quería que lo viese feliz y se convenciese de que había obrado bien al abandonar el juego o, peor aún, creyese que él no había sufrido demasiado. No y no. Ella tenía que enterarse de que él la había esperado dos años, padeciendo como un condenado. Y además, en aras de la verdad, quizá no estaba listo para certificar el final de la historia, lo que suele suceder cuando se acepta que uno de los dos tiene otra relación.

En fin, por el motivo que fuese, al final decidió no contarle nada de Mina, aunque supo que tomar esa decisión podría ser la segunda cosa más idiota que hiciera en su vida.

—No, ahora mismo no hay nadie.

Bastaron unos instantes para comprender que se trataba de la base de un precario castillo de naipes hecho de mentiras.

—¿Te importa si duermo en tu casa esta noche, Menó? Como sabes, alquilé mi piso y no me apetece quedarme en un hotel. Mi vuelo de vuelta sale mañana.

Tenía que decir que no, cualquier persona con un mínimo de juicio se habría negado, inventándose una excusa cualquiera. Pero Massimo no podía decir que no, no sabía decir que no, no quería decir que no. Se imaginó al viejo Dario meneando la cabeza de un lado para otro y diciendo: «Cuidado, que entre ser demasiado bueno y ser un tonto hay muy poca diferencia».

—Vale, ningún problema. Por una noche me apaño en el sofá.

Y con esas palabras apareció otro piso en el castillo de naipes.

Geneviève le tomó la mano y se la estrechó suavemente.

—Si quieres, podemos dormir juntos. Me portaré bien.

A Massimo no le hizo gracia la broma: una mano invisible le apretaba el estómago y le retorcía las tripas, y la sangre había empezado a circularle por el cuerpo al doble de velocidad. Estaba mareado y pronto le estallaría el cerebro, lo cual acabaría piadosamente con todos sus sufrimientos. Por un alineamiento de los astros no del todo casual, como si se tratase de la campanilla de una alarma, su móvil comenzó a vibrar en el bolsillo de su pantalón.

Cuando sacó el teléfono descubrió que su sexto sentido no se equivocaba.

El nombre de Mina parpadeó bajo sus ojos hasta que decidió rechazar la llamada y meterse el aparato en el bolsillo, maldiciéndose y maldiciendo esos chismes modernos que volvían la comunicación más rápida que el pensamiento. Ya estaba bien de teléfonos inteligentes: lo que le habría hecho falta habría sido parar el mundo un momento, bajarse y dar un largo paseo para aclararse las ideas. En cambio, aquel aparato infernal había empezado a vibrar de nuevo, casi incrédulo, pues Massimo jamás había dejado una llamada de Mina sin contestar. Otra vez hizo como si nada, pero no veía la hora de separarse de Geneviève y reparar la cosa de alguna manera.

Iba a ser un día largo, por no hablar de la noche.

Por fortuna, por la tarde Geneviève tenía muchos recados que hacer, de modo que se separaron nada más volver al Trastevere.

De regreso en el bar, Massimo se refugió en el almacén, sin

decir una palabra, encerrado en un mutismo que a entender de Carlotta no auguraba nada bueno.

Sacó el móvil y buscó las fotos de la velada dedicada a los crucigramas celebrada hacía dos años.

Siempre le habían gustado porque en ellas se veía la diferencia entre el amor y el afecto, la amistad y el amor, la estima y el amor, el simple conocerse y el amor.

Aquella noche cada uno de los clientes del bar se había hecho una foto con él, en la clásica pose de uno al lado del otro.

Luego estaba la de ellos. Ella lo cogía literalmente del hombro.

La mano de Geneviève no solo reposaba entre su cuello y su hombro derecho, sino que le aferraba este último con fuerza; se le notaban los dedos en garra al aferrarlo, se adivinaba la presión ejercida contra su cuerpo. Cuando él se lo había señalado con una sonrisa, ella había respondido, muy seria:

—Es que tenía miedo de perderte...

El amor no debe sanar, curar heridas o hacernos sufrir, el amor no protege a nadie, el amor no es bello ni feo, el amor nos mira errar y obrar bien, el amor es un testigo, somos quienes somos y el amor es quien es porque, a diferencia de nosotros, nunca cambia, es siempre y solo lo que debe ser: ¡amor y ya está!

Massimo se esforzó por volver al presente y llamó a Mina al trabajo; ella cogió el teléfono de la tienda como siempre, de acuerdo con la convención: «Buenos días, soy Mina, ¿en qué puedo ayudarlo?», y Massimo repitió la frase habitual que tanto le gustaba y que se había vuelto un juego entre ellos: «En pasar el resto de tu vida conmigo». Pero el tono de voz de Massimo no estuvo a la altura de esas palabras, y Mina lo notó de inmediato.

—Oye, ¿pasa algo? ¿Va todo bien?

Massimo intentó recuperar un poco de color, tratando de desempeñar de la mejor manera posible el papel que tenía preparado.

Geneviève se iría al día siguiente: era solo un día, un día de nada, tonto, insignificante.

Sin embargo, sabía que en un día podían ocurrir muchas cosas.

—Sí, va bien. Esta mañana apareció un amigo de mi infancia que vive en el extranjero. Va a estar hoy en Roma haciendo unos recados y mañana se marchará de vuelta a casa. Me pidió que saliéramos esta noche en honor de los viejos tiempos. Y no me pude negar.

Mina se mostró de lo más comprensiva.

—No te preocupes, cariño. Es un buen plan. Ve a divertirte con tu amigo y pásalo bien. Le preguntaré a Federica si le apetece ir a comer una pizza. Nos vemos en el bar por la mañana. Solo mándame el mensaje de buenas noches. Así no me preocupo y sé que has vuelto a casa sano y salvo.

Massimo pensó que por suerte solo estaban hablando por teléfono, porque se sentía pálido y vacío, con un letrero estampado en la frente que decía con claridad: este es un mentiroso. Entonces pensó en aquellos que se llenaban la boca con la frase «Más vale decir la cruda verdad que una buena mentira».

Chorradas: ¿cómo iba a contarle a Mina la verdad? Aunque él tuviera buenas intenciones y ella se fiara de él por completo, Mina se habría sumido en el desasosiego al enterarse de cómo estaban las cosas en realidad, se habría imaginado dos mil historias y lo habría mandado a paseo, y con razón.

En fin. Los legisladores de la sinceridad lo habrían crucificado en la plaza pública por ello, pero lo cierto era que no podía hacer otra cosa. La verdad, solo la verdad y nada más que la verdad, y diga: «¡Lo juro!». Pero Massimo no juró; jurar era imposible.

El castillo de naipes estaba cobrando dimensiones considerables y se tenía en pie de milagro.

—Gracias, cariño, entonces hablamos después. Que vaya bien en el trabajo —concluyó ella, sin tener noticia del berenjenal en que se estaba metiendo su interlocutor.

31

È 'na regazza trasteverina*

Entró en la tienda con una sonrisa casi imperceptible. En la época que había pasado en Roma, siglos atrás, la había visitado varias veces; le encantaba esa boutique sencilla y refinada al mismo tiempo. Entonces se había comprado una hermosa bufanda que, por desgracia, se le había arruinado en la lavadora poco después de regresar a París. Y se lo había tomado bastante mal. Siempre se repetía que las posesiones materiales no valían nada, pues las cosas importantes eran otras, pero en aquel trapo pequeño y sedoso no podía evitar ver una metáfora de la espléndida historia de amor romana que había destruido con sus propias manos. Había pensado que no merecía cosas preciosas porque no era capaz de conservarlas.

Pero ahora que había vuelto a la capital podía remediarlo. Aunque tal vez parecía estúpido, creía en los presagios y estaba convencida de que encontrar una igual le auguraría algo bueno para el futuro.

* «Es una muchacha del Trastevere», canción de Claudio Villa.

—Buenos días, bienvenida. ¿Puedo ayudarla?

Devolvió la sonrisa y miró a su alrededor con la expresión extasiada de una niña en una juguetería.

—Buenos días. Sí, creo que sí. Hace un par de años compré aquí una *pashmina* de dos colores, negra por un lado y plateada por el otro, pero después se me estropeó en la lavadora. Quería saber si aún tienen ese modelo.

—Me parece que sí, venga conmigo —dijo la otra, iluminándose, y la invitó a seguirla con la mano.

Las dos llegaron frente a un estante donde se exhibían docenas de *pashminas* diferentes, cuidadosamente dobladas.

La clienta reconoció de inmediato la que tanto había querido y, tendiendo la mano, hizo ademán de tocarla, pero de repente se detuvo.

—Puedo, ¿no?

Mina, que seguía sonriéndole, tomó la bufanda suavemente y se la entregó.

—Claro, ábrala para verla mejor. A mí también me parece una tela hermosa.

Geneviève la cogió, la abrió con sumo cuidado y se la acercó al rostro, para pasársela por la mejilla cerrando los ojos. Cuando volvió a abrirlos, puso cara de sorpresa y compunción, como si de repente se diese cuenta de que se había pasado.

—Discúlpeme, no debí hacerlo; en cualquier caso, me la llevo.

—No se preocupe. Yo también trato a estas bufandas como si fuesen seres vivos. Le confieso que, cuando estoy sola en la tienda, a veces hasta les hablo. ¡Santos pececitos!

Geneviève rompió a reír y luego se puso seria, por no decir triste.

—A mí también me gustaba esa expresión romana.

La otra sintió el descontento de la clienta y trató de ser amable de un modo discreto.

—Supongo que ya no.

La clienta contestó con una amarga sonrisa, sacudiendo ligeramente la cabeza.

—En realidad, me sigue gustando; me recuerda uno de los pocos momentos felices de mi vida. Pero son cosa del pasado.

Mina asintió con la cabeza, sin añadir nada, porque no era una entrometida y rara vez pedía explicaciones cuando no querían hablarle de cosas personales. Así pues, se limitó a cruzar con la clienta una mirada comprensiva y luego la guio hacia la caja.

—¿Se la envuelvo?

—No es necesario, gracias, prefiero llevármela puesta.

En ese momento, más por camaradería femenina que por amabilidad, Mina expresó un pensamiento.

—Le queda estupenda, está todavía más guapa. Si el responsable de su tristeza es un hombre, ahora estará tirándose de los pelos por haberla perdido.

—En realidad lo dejé yo, pero a veces el amor nos obliga a tomar decisiones difíciles... Y da la impresión de que decidas lo que decidas, te equivocarás. ¿Usted está enamorada?

—Sí, de un camarero muy dulce. —Y bajó los ojos cohibida.

Geneviève abrió la boca, como si le sorprendiese la respuesta de la mujer, la cerró y dijo en voz baja:

—Qué curioso... Bueno, no lo deje escapar. Los camareros se levantan muy temprano y, si son dulces con el primer café de la mañana, lo son toda la vida.

Cuando Mina cogió el dinero de la mano de la clienta, vio un pequeño tatuaje en la palma de su mano, o más bien dos letras que parecían las iniciales de unos nombres. Y una de esas iniciales le provocó cierta sensación de incomodidad.

—Gracias. Adiós, que tenga un buen día.

—Gracias a usted, ha sido muy amable.

32

Roma d'un tempo*

El mensaje de texto de Geneviève le llegó mientras ordenaba el bar antes de cerrar. Había sido una tarde agotadora, pero más por el ruido de sus pensamientos que por el café que había tenido que servir. Sabía que al final de esa jornada tendría que volver a su apartamento, donde lo esperaba la mujer que, para bien o para mal, había puesto patas arriba su vida y su corazón, mientras a pocas decenas de metros se hallaba la que le había recompuesto esas mismas cosas, una mujer que sin duda no merecía que la engañase.

El mensaje de Geneviève no era muy claro: «Te espero esta noche después de la puesta de sol en el local de las sombrillas blancas de Little London».

Massimo era de los pocos romanos que conocía los lugares más bellos y pintorescos de Roma, pero no recordaba ni siquiera haber oído hablar de un sitio de su ciudad llamado Little London.

---

* «Roma de otro tiempo», canción de Arnaldo Di Biagio y Enzo Bonfanti.

De haber vivido Dario, se lo habría preguntado, pero Dario ya no estaba, y en las ocasiones como esa era cuando más echaba de menos a su mejor amigo. Se le humedecieron los ojos, porque se agolparon en su cabeza los momentos buenos y malos pasados en el bar con él, empujándose unos a otros en busca de atención. En realidad, recuerdos muy malos no había, porque Dario era casi capaz de embellecer incluso las circunstancias adversas: sus palabras siempre habían tenido un componente indefinible de solemnidad, de gran verdad, como la que buscamos en el mundo de fuera sin darnos cuenta de que la hallaríamos con más facilidad dentro.

Massimo se secó los ojos con el brazo y se volvió hacia Marcello, que estaba lustrando la barra.

Y decidió probar con él, solo por respeto a Dario, que había elegido al muchacho como su sucesor.

—¿No conocerás un lugar de Roma llamado Little London?

Massimo estaba preparado para oír una respuesta negativa, pero Marcello lo sorprendió con una indicación lacónica:

—Via Celentano, es una callecita del barrio de Flaminio. Un sitio de locos.

La via Bernardo Celentano, llamada Little London, era sin duda una obra de arte y como tal se la consideraba.

Se había creado —porque las obras de arte se crean, no se proyectan, realizan ni construyen— a principios del siglo XX como zona residencial destinada a los altos funcionarios y figuras destacadas de las distintas sedes políticas y administrativas de la ciudad.

El alcalde Ernesto Nathan, angloitaliano y europeísta consumado, decidió que Roma tenía que transformarse, salir de las murallas históricas y convertirse en una metrópolis moderna. En ese marco, Quadrio Pirani, encargado del diseño del distrito de Flaminio, decidió regalar a la Ciudad Eterna un pedazo de Londres.

Cuando Massimo llegó a la verja que delimitaba aquella calle privada y recta de unos cientos de metros, prohibida a los coches y la polución acústica, se preguntó cómo lo habían conseguido.

Lo que veían sus ojos cabía atribuirlo a un truco de ilusionismo o un hechizo de magia blanca; de lo contrario no podía explicarse que detrás de una simple verja apareciese un barrio de Londres. Massimo avanzó lentamente, hechizado por aquellas pequeñas casas adosadas, con escaleras de piedra y puertas de madera coloridas, provistas de jardincitos bien cuidados al frente, separados de la acera por cercas de hierro forjado con puntas doradas.

Terminó frente a un buzón, fiel reproducción de los de Gran Bretaña, iluminado por una farola que recordaba sobremanera aquellas en las que se apoyaban los policías londinenses para recobrar el aliento durante sus rondas nocturnas.

Entonces Massimo miró a su alrededor esperando ver a Hugh Grant y Julia Roberts salir de una de esas casas, después de celebrar el cumpleaños de la hermana de William en Notting Hill.

En cambio, la vio a ella, sentada a una mesa bajo las sombrillas blancas de un local que daba a la calle, llamado justamente Little London.

Fue entonces cuando entendió, o creyó entender, el significado de aquella extraña cita: las ciudades de los dos no bastaban, tenían que buscar otra juntos. Porque el amor siempre es un encontrarse a mitad de camino.

Massimo se le acercó mirándola fijamente: un tímido rayo de sol poniente le tocaba el rostro, resaltando las pecas de su nariz.

—¿Me permites?

Señaló la silla vacía que estaba al lado de Geneviève.

—Adelante. Estaba esperando a un chico guapísimo, pero creo que puedo conformarme.

Massimo sonrió y se sentó.

—Un chico guapísimo... A lo mejor en otro tiempo; ahora estoy un poco desmejorado.

Justo entonces llegó un camarero para tomarles nota.

—Buenas, ¿qué os pongo?

Geneviève le lanzó una mirada breve e intensa a Massimo, y luego, con una sonrisa, preguntó:

—¿Por casualidad tienes té negro con rosas?

El muchacho, pillado por sorpresa por aquel pedido, se rascó la mejilla, avergonzado.

—No, lo siento, pero, si te apetece un té, tenemos otros que están muy buenos: a la bergamota, con menta y al melocotón.

Massimo trató de tranquilizar a su joven colega.

—No te preocupes, nos la jugó a todos con el té negro con rosas.

Geneviève le dio una palmada en la mano.

—Tal vez ya no seas guapísimo, pero sigues siendo simpático. Uno a la bergamota, gracias.

El camarero tomó nota mentalmente y volvió la vista hacia Massimo, esperando su decisión.

—Para mí también, por favor. Si no tomas té en Londres, ¿dónde lo vas a tomar?

El camarero le rio el chiste, asintió con la cabeza y se alejó en dirección al local.

Una vez solos, guardaron silencio unos segundos. Entonces Massimo vio la bufanda que ella llevaba al cuello. Tenía toda la pinta de ser una de las que vendían en la boutique de Mina, pero no alcanzaba a ver la etiqueta. Se limitó, pues, a reír para sus adentros del pensamiento que su imaginación y su sentimiento de culpa habían engendrado. Mirando a su alrededor, retomó la conversación.

—Este lugar es increíble. ¿Cómo sabías que existía?

—La agencia que se ocupa de alquilar el piso de la plaza Santa Maria in Trastevere gestionó la venta de algunas casas en esta calle.

—Y pensaste que, como no bastaba con Roma y París, era mejor probar en otra ciudad.

Señaló con la mano el entorno.

—Londres...

Geneviève sonrió con los ojos mientras tomaba un sorbo del té que ya les habían servido.

—Pues sí, al menos por una noche.

—¿Sabes una cosa? En serio creí que nuestro amor era como esos que se ven en las películas o aparecen en las novelas románticas. Un día vi la película *El diario de Noa*, y al final me pregunté si realmente podían existir los romances así. Más fuertes que todo, inamovibles como monolitos sepultados durante miles de años. Y sobre todo me pregunté si alguna vez sería capaz de amar a una mujer de ese modo, como el protagonista amaba a la suya. Sin perderla nunca, no ya en la vida diaria, sino en el corazón. Entonces llegaste tú y estuve a punto de pensar que me había convertido en ese protagonista, que podía quererte durante miles de años, pero por desgracia para ello hace falta tener un corazón vivo, entero. Yo quise ser tu Clark Kent, porque el único que supera a Clark Kent es Superman, y Superman, no como yo, tiene un corazón que no se rompe.

Massimo dijo la última frase con una sonrisa en los labios, una sonrisa de resignación, comprensión y «maldición, qué cuernos has venido a hacer aquí ahora que mi corazón parece latir de nuevo».

Geneviève lo vio llevarse la taza de té a los labios y pensó en el último café que habían tomado juntos, sentados a la mesa de un bar anónimo en el aeropuerto de Roma.

No había sido el primer café de la mañana, ni el último de la tarde, porque ella se había marchado poco después de comer. Había mirado el reloj por enésima vez, casi como si no viese la hora de acabar con aquel suplicio; siempre había odiado los adioses y quizá incluso los hasta pronto. Massimo se había dado cuenta, y cuando ella había hecho ademán de levantarse, la había cogido del brazo.

—¡Espera! Sabrás que en la antigua Grecia, antes de una gran batalla de resultados inciertos, los soldados amantes, al final de la que podía ser su última cena, se reunían alrededor del fuego y echaban en la tierra las gotas de vino que quedaban en sus copas, para luego dibujar con el dedo las iniciales del otro. Un recuerdo para la eternidad de los momentos finales que pasaban juntos.

Dicho eso, Massimo había cogido una de las tacitas de café que tenían delante en la mesa, había tomado la mano de Geneviève, le había dado la vuelta para dejar la palma hacia arriba y había vertido en ella una gota del café restante. Luego había escrito las iniciales de ambos con el dedo, susurrándole:

—Yo nunca podré olvidarte.

Luego se había levantado y se había marchado, dejándola sola, con la mano aún en el aire. Quizá él también odiaba los adioses e incluso los hasta pronto.

De vuelta en París, Geneviève no se había lavado la mano hasta el día siguiente, después de ir a una tienda de tatuajes para que le reprodujeran las letras, porque tampoco lo olvidaría nunca.

Dejó la taza en el platillo y regresó al presente. Estuvo tentada de contarle a Massimo ese recuerdo, pero al cabo le pareció innecesario y prefirió tratar de explicarle lo que sentía ahora.

—Tal vez no era el momento adecuado. Cuando estabas listo yo no lo estaba. Y si ahora yo lo estuviera, seguro que tú ya no lo estarías. Era más fuerte que yo. Tuve miedo, Menó. No quise lastimarte ni hacerte sufrir. Antepuse mi serenidad a nuestra felicidad. Pero mereces ser feliz, nadie lo merece más que tú.

—Sí, merezco ser feliz, igual que tú, aun así es obvio que nuestra felicidad no es la misma para ambos. De todos modos, no habrás venido solo para saludarme, supongo.

—¿Por qué no? ¿Te parece una locura? —Geneviève sonrió.

—Bueno, ¿después de todo este tiempo? ¿Por qué justo hoy y por qué sin avisarme?

—Tienes razón. La verdad es que he decidido poner el piso en venta.

—¡No! ¿Por qué?

—Me lo he pensado mucho. Roma, me refiero a mi bellísima época romana, me hizo descubrir cosas nuevas, fue como un renacer. Pero después, en fin, ya sabes, en vista de cómo fueron las cosas entre nosotros siento que para seguir con mi vida tengo que cortar con el pasado. Y seguir teniendo el piso donde estuvimos juntos me impide pasar página, ¿entiendes?

Massimo bajó la mirada.

—Sí. Tiene sentido. Aunque me parece triste.

—Puede ser, pero hay que aceptarlo. En cualquier caso, llevará un tiempo. La burocracia y el mercado ayudan a pasar el duelo. Habrá que ver si encuentro un comprador que pague un buen precio. ¿Qué es esa cara? Ojo, que a mí también me da pena.

En realidad, lo que sentía Massimo no era pena exactamente; desde luego, la noticia no lo dejaba indiferente, pero al mismo tiempo se preguntaba si, una vez vendido, aquel piso al fin dejaría de ser para él un nido de fantasmas.

Abandonaron Little London en silencio, sin tomarse de la mano ni del brazo, y llegaron al coche de Massimo caminando uno junto al otro, sin tocarse nunca, como dos paralelas proyectadas hacia el infinito, cada una dirigida a su propia lejanía.

Hay momentos de la vida en que el destino elige por nosotros pero nos da la posibilidad de aceptar su elección o rechazarla y seguir nuestro camino, si bien a veces esto último es imposible y tenemos que sufrir las consecuencias.

33

Strade romane*

Tras despedirse de su amiga, Mina regresó a casa a paso rápido.

Aun cuando en cualquier momento del día o la noche de todos los días del año había miles de personas en el Trastevere, a Mina no le gustaba andar sola de noche por la calle. Tal vez antes sí, pero ahora se sentía vulnerable sin Massimo a su lado, lo necesitaba mucho más de lo que dejaba traslucir.

Todos sus conocidos la consideraban una mujer independiente, fuerte y decidida, sin miedo de nada, y en efecto lo era.

Estaba acostumbrada a no depender de nadie desde niña; gozaba de esa libertad porque había demostrado que sabía usarla bien. En muchas casas, en muchas ciudades del mundo, había sido un lobo de mar sin barca; pero eso fue antes de Massimo.

Él se había convertido en su puerto seguro, le había hecho

* «Calles romanas», canción de Alberto Barberis y Augusto Martelli.

darse cuenta de que una casa alquilada nunca puede ser realmente tuya. Le había quitado el deseo de viajar, le había hecho comprender que el verbo más bonito no era «cruzar», sino «detenerse», porque, si Roma era el centro del mundo, él era el centro de su vida.

Como bien se sabía, Roma era la ciudad más hermosa del planeta, pero Mina empezaba a pensar que era la más bella de todas simplemente porque él vivía allí.

Así pues, mientras se dirigía a pie a la plaza Santa Maria in Trastevere sonrió sola, pensando en que Roma leído al revés era «amor», en que el destino estaba en aquel nombre, su destino.

La sonrisa se le apagó al darse cuenta de quién era el hombre que caminaba a pocos metros delante de ella.

Lo que vio no podía ser cierto: Massimo —su Massimo, su refugio, su casa, su mundo, su Roma— paseando con otra mujer.

Por un instante esperó que se tratase de una simple clienta del bar Tiberi con quien se hubiese encontrado por casualidad en la calle. Entonces reconoció la bufanda. Dejó de pensar en coincidencias. Bufanda, mujer hermosa. Las iniciales en la mano: M&G.

La pesadilla cobró la forma de una mano que avanzaba y le hacía a la otra un pellizco en la mejilla.

Su pellizco, su gesto de ternura, el que la convertía a ella en romana como él, el gesto de los dos.

Curiosamente, la memoria la retrotrajo a unas semanas atrás, a la noche en que había ido al concierto de su cantante favorito.

Ella y su amiga Federica habían comprado las entradas en momentos distintos y no habían conseguido asientos juntas.

Federica, que iba con su prima y una tía, había citado a Mina delante de la entrada del estadio Palalottomatica.

Antes de salir, Mina había pasado por el bar para despedirse de Massimo y darle el beso de buenas noches. Después, un incidente en la vía pública la obligó a coger un gran desvío para dirigirse a su destino.

Al no verla llegar, Federica, ante la insistencia de su tía, que estaba cansada de estar de pie, decidió entrar y esperarla dentro.

Así que cuando Mina finalmente se plantó en el estadio no encontró a nadie.

Incómoda, le envió un mensaje de texto a Massimo con las siguientes palabras: «¡Estoy sola!».

Él le contestó de inmediato: «Mientras yo esté contigo, nunca estarás sola. Abre el bolso». Dentro estaban las galletas favoritas de Mina. Obviamente, Massimo había aprovechado un momento de distracción para metérselas en el bolso.

En realidad, se lo había llenado además de atenciones, de mimos, del regalo suyo más grande, su encanto, de tranquilidad, de amor, que era una cosa sencilla, de palabras no dichas, porque se había enamorado de ella y en consecuencia la defendería siempre.

Al fin y al cabo, de todos los cuentos de hadas, el más bonito era el de ellos, sin pepitas de chocolate, pero rico igualmente.

Y ahora Mina no conseguía entender cómo era posible que un hombre llenase el bolso de otra de las mismas cosas.

Pero lo que más le dolió fue la mentira que le había dicho.

Con la última gota de esperanza, que a los enamorados nunca les falta, buscó una explicación plausible para justificar lo que veía. Tal vez fuese solo una amiga, que había venido a Roma, como había dicho él, por otros motivos, y que le había propuesto salir a cenar juntos, en recuerdo de los viejos tiempos, y Massimo, bueno como era, no había sido capaz de decirle que no y, por miedo a que su novia se enfadara, había dicho que se trataba de un amigo.

De acuerdo, sin duda era una mentirijilla, de esas que de vez en cuando se utilizan para no hacer sufrir innecesariamente a una persona a la que quieres, porque no eres capaz de decir la cruda verdad. Sí, seguro que había pasado eso.

Entonces, justo cuando iba a recuperar la sonrisa, vio a Massimo manipular el móvil, y unos segundos después le llegó un mensaje.

Cuando lo leyó se le paró el corazón. Habría preferido que le hubiera dicho la cruda verdad, porque las palabras del mensaje de Massimo no tenían nada de inocentes; al contrario, eran oscuras, negras como su alma de luto.

Todavía estoy en el restaurante con mi amigo, nos lo tomamos con calma en memoria de los viejos tiempos. No te llamo porque hay mucho ruido. ¿Estás bien? ¿Ya estás en casa? Buenas noches. Que sueñes con cosas bonitas como tú.

La pantalla del móvil de Mina se desenfocó y, por instinto, ella le pasó un dedo por encima, pero enseguida se dio cuenta de que lo borroso era su vista, no la pantalla, pues tenía los ojos llenos de lágrimas, que pronto rebosaron para arrojarse al vacío, como esas personas que buscan una vía para escapar de un rascacielos en llamas y se lanzan por la ventana.

Con mano temblorosa, Mina se puso a responder al mensaje. Sintió deseos de escribirle muchas cosas, empezando por: «Date la vuelta», y luego pensó en todos los insultos que conocía en orden alfabético, pero al final solo logró escribir una frase patética: «Todo en orden, buenas noches».

Necesitaba actuar con calma, entender las cosas; después de todo, pensó con una pizca de lucidez, lo bueno de esa situación absurda era haberla descubierto pronto... Mina siguió caminando, aunque le faltaba el aliento y le parecía una tarea difícil unir la larga fila de pasos uno tras otro. Siempre había sido una persona firme y segura, pero ahora el suelo se tambaleaba bajo sus pies.

Massimo y la mujer llegaron a la plaza Santa Maria in Trastevere y, mientras Mina esperaba con todas sus fuerzas en el portal de su casa que se despidieran y se separaran, Massimo hizo lo que nunca había hecho con ella: invitó a la otra a entrar en el edificio donde vivía.

Mina se quedó tiesa, con la espalda apoyada en el portón cerrado, y a continuación se dejó caer lentamente, con la espalda resbalando por la superficie cubierta de bultos, tan abollada como su corazón en aquel momento, hasta quedar sentada en el umbral.

Su lado masoquista la hizo mirar las ventanas de la casa de Massimo, una casa que le seguía estando tan vedada como el país de Nunca Jamás a los adultos, por extraño que pareciese, pues nunca le había parecido ser tan niña como entonces. Se sintió morir, abandonada y traicionada por aquel de quien menos lo habría esperado, por aquel que tenía que cuidarla. No en vano se dice que todo puede empeorar, y Mina lo experimentó esa noche.

Vio que se encendía una luz en una de las habitaciones. Con las cortinas corridas, era como un espectáculo de sombras chinescas de los que encantan a todo el mundo, una de esas historias sobre príncipes y princesas que defienden su amor del villano de turno.

Y Mina, por absurdo que fuese, se encontró en la piel de la villana del cuento al ver que la sombra de la princesa le echaba los brazos al cuello al príncipe y lo estrechaba en un abrazo de los que tanto les gustaban a ella y a Massimo, uno de esos que valen una vida.

Luego las sombras desaparecieron, pero el alivio de Mina duró poco, porque de repente la luz se apagó y dio paso a los pensamientos más horrendos.

Para ella, el espectáculo había terminado, la fiesta se había vuelto privada, y solo cabía imaginar cuál sería su continuación; y a veces imaginar es mucho peor que ver.

Con un gran esfuerzo, Mina se levantó, buscó las llaves en el bolso y abrió la puerta, que chirrió como de costumbre, o más bien se lamentó, con un ruido parecido a un «no» prolongado, un «no» de dolor que en ese momento le venía como anillo al dedo.

34

Roma sei sempre tu*

Tan pronto como entraron en el apartamento, Geneviève le echó a Massimo los brazos al cuello, apoyó su mejilla contra la de él, cerró los ojos y lo estrechó en un tierno abrazo.

Massimo se lo devolvió y reconoció su perfume, una fragancia que olía a mar, flores, mandarinas y cedros.

Aquel aroma le hacía pensar siempre en Monet, uno de sus pintores favoritos, en sus cuadros llenos de jardines, nenúfares, mujeres con trajes decimonónicos y sombreros elegantes, en los que solo el color de los ojos se dejaba a la imaginación.

Por lo demás, los colores estaban presentes y eran muy visibles; no, eran más que esto: eran envolventes, como sus abrazos.

Geneviève apartó la cara para mirarlo a los ojos, esos ojos marrón claro como el chocolate con leche, buenos, nunca amargos, perfectos para quienes padecen falta de afecto.

* «Roma siempre eres tú», canción de Fortunato Lay y Gigino Conti.

Massimo le tocó con un dedo las pecas de la nariz, una de las muchas cosas de ella que lo volvían loco.

Entonces los ojos verde intenso de Geneviève, cubiertos de lágrimas, parecieron un espejo de agua agitado por el viento. Pequeñas olas en movimiento, capaces de acunar el corazón, que sin que lo notes te invitan a sumergirte. Y entonces aparece una sirena que se ofrece a llevarte de vuelta a la superficie insuflándote aire con un beso, y con el beso, a salvarte la vida, devolverte el sol y el cielo azul; a cambio solo te pide que la lleves contigo, le enseñes la sensación de pisar la arena, la de amar como un ser humano. Tú quieres sellar ese pacto con otro beso, porque en ningún cuento de hadas que se precie puede faltar el beso del amor verdadero.

Pero Massimo le había dado el beso a otra, a Mina. Y se apartó del abrazo de Geneviève.

—Es tarde y mañana tengo que levantarme temprano. Te he preparado el dormitorio, he puesto sábanas limpias y te he dejado una toalla. Yo dormiré en el sofá del salón, así que por la mañana no te molestaré cuando me despierte.

—Mañana es domingo. El bar está cerrado, ¿no? ¿Por qué tienes que levantarte temprano?

Massimo bajó la mirada y estudió avergonzado el suelo.

—Sabes que, de vez en cuando, los domingos por la mañana me despierto al alba para ir a correr.

Geneviève se le acercó y le acarició una mejilla.

—De vez en cuando. Duerme conmigo esta noche, Menó.

Massimo le apartó lentamente la mano, con un gesto antinatural que le costó un esfuerzo épico.

—Por favor, Geneviève, no me pidas eso. Te lo ruego.

Se dio la vuelta y salió de la habitación apagando la luz.

Ella había sido su sol, y el sol no se puede extinguir, en consecuencia, él decidió convertirse en lo contrario de un girasol y dejar de seguirla.

La noche había caído maldita y silenciosa, o en realidad no tanto, porque el Trastevere nunca duerme y en ese instante se oía la voz desafinada de un turista borracho que se aventuraba, con escaso éxito, en una interpretación de «Roma, non fa' la stupida stasera» que nada tenía que envidiar en espanto a la versión francesa que Massimo le había cantado a Geneviève hacía unos veranos.

Sí, había pasado mucho tiempo desde aquella noche, la primera vez que habían hecho el amor.

Lo que parecía el comienzo de algo que nunca debía terminar había acabado, en cambio, con dos personas que fingen olvidar, tachar, recortar, arrancar de cuajo cada uno la parte de su vida en la que aparecía el otro, si no el pasado —porque es imposible—, el futuro imaginado, el miembro fantasma de sus vidas aunadas.

Un domingo por la mañana, unas semanas después de que Geneviève se fuese a París, Dario había encontrado a Massimo llorando ante la tumba de la señora Maria.

Lo había invitado a sentarse a su lado en uno de los escalones de mármol y le había dicho:

—No tienes que olvidarte de ella ni de todos los hermosos momentos que pasasteis juntos. Solo tienes que guardarlos en un rincón del corazón, con los momentos más significativos de tu vida, con los recuerdos más preciados. Míralo así: ahora ya puedes decir que al menos una vez en tu vida has sido completamente feliz, que has tenido una hermosa historia de amor, de las que solo se encuentran en las novelas. No le ocurre a todo el mundo, créeme. Y sé que ahora estarás pensando en los libros del escritor que tanto le gusta a tu hermana, el estadounidense ese. Pero Carlotta me ha dicho que la mayoría de sus novelas acaban bien.

»Sin embargo, tanto si una historia termina bien como si termina mal, lo importante es haberla vivido, ¿no? Si pudieras volver atrás, aun sabiendo cómo acabó esta, ¿no te gustaría revivirla igual? Yo creo que sí. Lo justo o injusto no es el amor, sino las personas. Tu historia de amor acabó mal porque obviamente ella no era la persona indicada. Nada más. Creo que tarde o temprano la indicada llegará. Y lo sabrás, claro que sí... Cuando seas viejo y caigas en la cuenta de que has pasado con ella la mayor parte de tus mejores días.

Massimo continuó dando vueltas en la cama, presa de un tormento que no daba señas de extinguirse. El recuerdo de la voz de Dario lo tranquilizó un momento, porque su amigo tenía razón, y estaba claro que la persona indicada dormía cerca, no en la habitación de al lado, sino al otro lado de la plaza, pero la proximidad de Geneviève era una estrella tan brillante que oscurecía los demás elementos. Era imposible conciliar el sueño, los sentidos siguieron alerta quién sabe cuánto tiempo, y el cerebro continuó trabajando a toda máquina a pesar de los repetidos intentos de apagarlo.

«Sueña conmigo esta noche, así te diré que te quiero incluso cuando duermes», le escribió a Mina en un punto incierto de aquella noche larga y viscosa, como para recordarla y buscar la luz desde el fondo del pozo en el que había caído.

Y la luz estaba presente, pero muy lejos, filtrada por los sentimientos de culpa, el latido poderoso de su corazón y los halagos del pasado. Al cabo de un rato, Massimo se sumió en un duermevela agitado. Finalmente oyó un ruido y, cuando abrió los ojos, en la escasa claridad que se filtraba por las persianas cerradas la vio, o creyó verla, de pie ante él, completamente desnuda.

Era hermosa, tanto que resplandecía en la oscuridad, pero quizá fuese solo el aura de un ser especial que se mostraba ante él con la intención de hacerle comprender el significado de la frase «una muchacha soñada».

Luego, en aquel sueño extrañamente real, ella se acercó al sofá cama y, tras apartar la sábana, se acostó junto a él.

Aspiró su perfume, sorprendido de que en los sueños se percibieran los olores de un modo tan vívido. La frescura de su piel, lisa, sin asperezas, contrastaba con la suya propia, que de repente se había puesto tensa y ardiente.

Ella se apretó contra él, buscando en cambio una vía de escape, en memoria de los viejos tiempos. El brazo de Massimo, casi como si tuviese vida propia, la ciñó atrayéndola hacia el resto de su cuerpo, repitiendo un gesto natural realizado cientos de veces. Oscar Wilde solía decir que para resistir las tentaciones bastaba con ceder a ellas, pero él sabía en su fuero interno que para resistir a las tentaciones bastaba con estar enamorado. Pero ¿de quién?

35

Quanno er sole de Roma*

Massimo tardó media hora en librarse del brazo de Geneviève y levantarse del sofá cama procurando no despertarla.

Al atravesar el portón del edificio volvió la mirada a las ventanas de la casa de la señora Maria, de Geneviève, de Mina.

Le sorprendió ver la luz encendida, y por un momento le entraron ganas de ir hacia ella, pero la sensación de que aún tenía el aroma de Geneviève encima le hizo apurar el paso para alejarse lo antes posible de la escena del crimen.

Por suerte, Roma siempre te echa una mano para ayudarte a hacer las paces con el mundo.

En cuanto llegó al paseo del Tíber, pues, la ciudad pareció extenderse bajo sus pies como un mapa del tesoro, y el mapa mismo era el tesoro y no había necesidad de preguntarse si se trataba del lugar indicado, porque en Roma cualquier lugar lo es.

* «Cuando el sol de Roma», canción de Claudio Villa.

Massimo decidió dirigir sus pasos hacia el Foro; quería tener delante el Coliseo, verlo crecer con cada inspiración sincronizada con los latidos de su corazón, que aumentaban de velocidad con el *crescendo* de las emociones vividas.

Y en aquel momento su corazón era olímpico, un medallista ganador del oro en los cien metros lisos; también había batido el récord mundial, y no solo lo había batido, sino abatido.

No le alcanzó, pues, con el Coliseo, quería más, quería el estadio, y el Circo Massimo, y al final se encontró en el sitio adonde quizá se había dirigido desde un comienzo: el Jardín de los Naranjos.

Porque la había besado en el coche, a la salida del metro, en su tienda, en el bar, en el Janículo, a orillas del Tíber, en la plaza Santa Maria in Trastevere y luego allí, justo allí, en el Jardín de los Naranjos, los dos sentados en un banco, más precisamente en el último de la izquierda, mirando la vista desde el parapeto.

Y ahora, solo en ese banco, mientras los rayos de sol bañaban los edificios, iglesias y monumentos de Roma, Massimo trató de que se regularizara su respiración, el latido de su corazón y lo demás.

El sudor es salado, las lágrimas son saladas; si el noventa por ciento del cuerpo humano está compuesto de agua, hay un mar en cada uno de nosotros, un mar de cosas, que al final es tan grande que no sabes dónde meterlo y se encuentra en todas partes, incluso donde no debería estar, donde no le corresponde, no porque no haya sitio, sino porque, como siempre decía su padre, «no es lo suyo».

Mientras esperaba a que el sol se alzara para acomodarse sobre la mejor ciudad del mundo, Massimo se levantó del banco, se acercó a la fuente y bebió con ganas, dejando que la dulzura del agua le quitara toda la sal que tenía dentro.

A menudo se preguntaba cuántas veces puede uno enamorarse en la vida. Porque el amor ofrece mil y una oportunidades, como si fuera un horóscopo dador de esperanzas: Géminis, hoy conocerás a tu alma gemela y, si permaneces encerrado en casa, la primera persona que llame a la puerta será la que buscas; a lo mejor es la portera o el administrador, así que tendrás el descansillo siempre limpio o pagarás menos gastos de comunidad.

Al final, Massimo se convenció de que el amor, el verdadero, el que dura para siempre, solo llega una vez, por eso nos toca aprovecharlo en todo su esplendor.

Se limpió con el brazo, dio media vuelta y se encaminó a casa, corriendo como un rayo, porque cuando estaba contento siempre corría así, a toda pastilla.

Cuando Mina oyó el timbre de la puerta de casa estaba despierta; de hecho, lo estaba porque no había dormido. Se había pasado la noche haciéndose mil preguntas, o mejor dicho siempre la misma, repetida un millar de veces: «¿Por qué?».

Le entraron ganas de llamar a su mejor amiga para desahogarse con ella, pero sabía que Federica se pondría de su lado sin importar lo que hubiese ocurrido.

Le entraron ganas de llamar a Carlotta para preguntarle por qué había actuado tan mal su hermano, pero sabía que ella se pondría del lado de Massimo sin importar lo que hubiese ocurrido.

Se remitió, pues, a unas palabras que le había dicho su madre a propósito de un romance clandestino entre dos colegas casados que había salido a la luz y había desbaratado relaciones y reputaciones: «Si sospechas que el hombre al que amas te ha puesto los cuernos, habla primero con él y luego con nadie más».

Pero lo de ahora dolía. Si la ruptura con su novio anterior había sido una toma de conciencia inevitable del hecho de que el sentimiento mutuo se había agotado por completo, lo ocurrido la noche anterior frente a Massimo había tenido en su corazón el efecto de un terremoto que te pilla en plena noche, mientras estás tranquila y felizmente dormida en tu cama.

Si le hubieran preguntado cuál era la primera palabra que se le ocurría en ese momento, Mina habría respondido: «escombros». Su historia de amor había sido arrasada hasta los cimientos, completamente derruida, y sabía que bajo los vestigios era imposible que quedara nada vivo, nada que pudiera salvarse.

No estaba enfadada, sino solo decepcionada; decepcionada por haberse equivocado al juzgar a un hombre que parecía perfecto. Pero acababa de comprender a su pesar que la expresión «Nadie es perfecto» también se aplicaba a Superman.

El timbre volvió a sonar, con renovada insistencia. Mina miró a su alrededor desorientada, con la esperanza de que no fuera Massimo; aún no estaba lista para enfrentarse a él.

Además, Massimo no sospechaba que ella sabía de su engaño, de forma que seguiría fingiendo, y francamente Mina quería ahorrarse la representación que lo mostraría bajo una luz aún peor; era casi como si le disgustase hacerlo quedar como un idiota, como si lamentase desfigurar una obra de arte.

Recordó el timo del que había sido víctima su padre cuando ella era pequeña. Un buen día había llamado a la puerta un vendedor ambulante, de los que ofrecían mercancías puerta a puerta.

Según había dicho, venía a ofrecer un detergente revolucionario a un precio muy asequible que dejaba las superficies de la casa limpias como un espejo, en pocos minutos y sin enjuagar.

El padre de Mina pensó en regalárselo a su esposa para facilitarle la limpieza de la casa.

A fin de convencerlo, el vendedor le ofreció una demostración gratuita en el acto.

El hombre abrió la botella, dio a oler el producto a su padre y al resto de la familia y luego, tras pedirle a la madre de Mina un paño y una fregona, lavó todo el suelo del salón, que en efecto nunca había quedado tan brillante y perfumado.

Acto seguido, el padre de Mina compró diez botellas, que el vendedor fue a buscar a su furgoneta y llevó a la casa, para luego coger el dinero, saludar a todo el mundo cordialmente y marcharse.

A la mañana siguiente, la madre de Mina cogió una de aquellas botellas de detergente para empezar a limpiar, la abrió y la vertió en el cubo, pero de inmediato se dio cuenta de que su marido había sido engañado, porque, en lugar de detergente, de la botella salió un líquido oscuro y nauseabundo. Por supuesto, todas las demás botellas tenían el mismo contenido.

Pues bien, Massimo era a un tiempo el vendedor ambulante de sí mismo y el producto podrido que le habían colado a Mina en un momento de distracción.

El timbre sonó por tercera vez y trajo a su mente la imagen del equivalente con piernas de aquel detergente, que también resultaba ser nauseabundo y medio turbio.

El recuerdo de la desventura de la familia había liberado por fin la podredumbre, que en el lapso necesario para llegar hasta la puerta le había llegado hasta el hombro.

Furiosa, Mina abrió sin preguntar siquiera quién era, convencida de que iba a encontrar a Massimo.

Pero su sorpresa fue grande.

—¿Tú?

36

Se lasci Roma*

Massimo abrió la puerta de su casa lentamente, cuidando de no hacer el menor ruido por si Geneviève seguía durmiendo.

Pero cuando entró en el salón encontró el sofá cama plegado y de nuevo en su lugar.

El silencio que reinaba en el apartamento hacía pensar que, además de él, no había nadie más en casa.

Luego fue a su habitación y la vio perfectamente ordenada, con la cama hecha y las sábanas cuidadosamente dobladas y colocadas encima de la cómoda.

Sin embargo, una cosa le llamó la atención: estaba sobre la mesita de noche y no tardó mucho en reconocerla.

Era el cuaderno de Geneviève, el que tenía la reproducción de un cuadro de Magritte en la portada.

Massimo había amado y odiado esa ilustración, una casa nocturna recortada contra un cielo diurno, un día incluso la había empapado por accidente, pero al final el cuaderno había

* «Si dejas Roma», canción de Giorgio Onorato.

sobrevivido y por lo visto había recuperado su antiguo esplendor. Se preguntó por qué Geneviève lo habría dejado allí, aunque enseguida recordó que ella lo usaba para enviarle mensajes, así que lo cogió y lo abrió por las últimas páginas.

La caligrafía de Geneviève apareció con toda su límpida claridad, con una sola diferencia respecto a la de los años anteriores: ahora Massimo no necesitaba a Carlotta para saber qué decía, pues esta vez el mensaje estaba escrito en italiano.

Hola, Menó:

Como ves, mi italiano ha mejorado tanto que puedo escribirte en tu hermosa lengua, que he aprendido a amar como te he amado a ti, ¡santos pececitos!

Pronto estaré en el aeropuerto y me iré a París, no será para siempre, pero es un poco como si lo fuera. Aunque tardaré en comprender bien el significado de esta breve estancia en Roma, creo que me ha ayudado a entender muchas cosas.

Antes de irme me pareció correcto advertirle a mi inquilina que he decidido poner el apartamento en venta, pues me bastaba con bajar y cruzar la plaza, ¿no?

Cuando toqué el timbre me pasaron por la cabeza los días en que todas las mañanas venías a llamar a mi puerta y me traías el té, que luego descubriste que no tenía nada que ver con el que a mí me gustaba.

Eras muy gracioso haciendo equilibrios con todas esas teteras. Siempre has sido bueno conmigo, a veces demasiado, pero lo eres con todos, es tu naturaleza y es bonito.

Como había dejado el asunto en manos de la inmobiliaria no sabía quién era la persona que vivía en mi piso.

De todos modos, es una chica muy guapa, me parece que tiene la misma edad que yo y también es extranjera, quizá india, no hemos hablado del tema.

Cuando me abrió la puerta nos sorprendimos, porque en realidad nos habíamos conocido por casualidad ayer, pues fui a su tienda a comprar la bufanda que llevaba puesta mientras estaba contigo. Al principio me dio la impresión de que esperaba a otra persona. Pero lo más increíble es que anoche, mientras volvía a casa, me vio pasear con un hombre y entrar con él en el edificio de enfrente.

Siempre me han gustado las mujeres italianas: son tan apasionadas, orgullosas y fuertes que nunca admitirían la derrota ante el enemigo y nunca deponen las armas.

De hecho, tuvo la amabilidad de invitarme a tomar un té con ella, que yo diría que era el mío, el que había dejado en el armario de la cocina cuando me marché.

Temía que se hubiese echado a perder, en cambio, el sabor seguía siendo bueno.

Nos sentamos en la cocina. Madre mía, Menó, cuántos recuerdos... Hubo un momento en que me sentí conmovida y se me escapó una lágrima.

Ella se mostró preocupada y me vi obligada a contarle mi historia, nuestra historia, pero no te preocupes, hablé muy bien de ti.

Me dijo que había entrado en tu bar de vez en cuando para desayunar. Sí, en fin, te conoce.

¿Sabes, Menó?, las mujeres comprendemos estas cosas enseguida, y ahora entiendo por qué anoche no quisiste hacer el amor conmigo.

Fue bonito sentir que me tenías abrazada una última vez, lo necesitaba.

Creo que no le he quitado nada a nadie quedándome junto a ti una noche; probablemente habrá alguien que tenga la suerte de hacerlo toda la vida.

Perdí el derecho a que me amaras cuando decidí dejarte, y, conociéndote, sé cuánto dolor debo de haberte causado con esa decisión.

Crees en el amor que mueve montañas y cruza océanos, crees en el amor como un niño cree en Papá Noel, no necesitas verlo dejar regalos debajo del árbol por la noche para estar seguro de que existe. Para ti existe, y punto. Y que nadie se atreva a querer convencerte de lo contrario.

Yo lo he hecho, y ahora tu corazón ya no me habla, o al menos no como antes.

¿Quién osaría decir que Papá Noel no existe? Nadie. ¿Qué sentido tiene decirlo? Es muy bonito pensar que es verdad.

Espero que Mina nunca te lo diga y que sigáis creyéndolo juntos para siempre.

Mereces ser feliz, Menó. Yo también, pero tú más.

Por eso, si realmente estás enamorado de esa chica, ve a verla ahora mismo, porque anoche tú y yo no hicimos nada malo, en cambio, me parece que ella se ha convencido de lo contrario.

Cuando le dije que tengo intenciones de vender el piso, me contestó con lágrimas en los ojos que no le importaba, porque probablemente se iría de Roma pronto.

No sé si tú dejarías Roma por ella, pero es bonito saber que para ella Roma eres tú y que sin ti la ciudad sería como cualquier otra.

Mina lo ha entendido: tú eres el que hace que esta ciudad sea mágica.

En París hay muchos bares donde preparan café, pero allí no está Massimo.

Tal vez solo deberíamos haber tenido miedo juntos...

Quería ser feliz, me dijiste que me lo merecía, y tú... Tú solo querías tomar conmigo el primer café de la mañana, a ti te bastaba con eso, todas las mañanas, el resto de nuestra vida. Y a mí me apetecía... Pero hoy, hoy no tengo ganas de llorar, lloraré mañana...

Adiós, Menó, no me olvides. Yo no lo haré.

G.

Al llegar al final del mensaje de Geneviève, Massimo comprendió que aquel día no tendría que haber corrido porque estaba contento, sino para alcanzar la felicidad antes de que se le escapase y se volviese inaccesible.

Sin perder un segundo, cerró el cuaderno y lo dejó con cuidado sobre la mesita de noche, para luego salir a toda prisa.

Empezó a correr contra el tiempo, bajó las escaleras casi sin tocarlas y cruzó la puerta arriesgándose a embestir a la señora Carla, su vecina de arriba, que no tuvo tiempo ni de darse cuenta de quién era ese rayo que por poco no le pasó por encima.

El gentío que solía abarrotar la plaza Santa Maria in Trastevere vio al dueño del bar Tiberi cruzar ese espacio vestido como para el Golden Gala del estadio Olimpico a una velocidad supersónica, y luego desaparecer en el edificio de la pobre señora Maria como si faltaran unos metros para la meta.

De hecho, alcanzó la meta tres tramos de escaleras después, frente a la puerta de la casa de Mina.

Casi con pánico escénico, Massimo se lanzó sin aliento contra la puerta y la aporreó con los dos puños.

—Mina, Mina, te ruego que me abras, ¡no es lo que piensas! ¡Déjame explicarte!

En lugar de la puerta de Mina, se abrió la del apartamento de enfrente, la vivienda del señor Umberto, un general de los *carabinieri* jubilado que, preocupado por el repentino alboroto, quería asegurarse de que todo estaba en orden.

Por un momento, el general pensó que alucinaba: tenía delante al fantasma de Pietro Mennea* que llamaba como un desesperado a la puerta del otro piso del rellano.

Pero la alucinación duró solo un segundo, porque el señor Umberto se dio cuenta enseguida de que el atleta, con camiseta de tirantes, pantalones cortos, calcetines de toalla y zapatillas de correr, no era otro que Massimo Tiberi, a quien él, como la mayoría de los inquilinos de aquel edificio, había visto nacer.

—Pero, Mino, ¿qué pasa?

Massimo se dio la vuelta con el aire de quien acaba de quedar como un idiota.

—Lo siento, don Umbè, no quería molestarlo.

El viejo general lo miró con expresión bonachona y le sonrió, agitando la mano.

—No te preocupes, llama todo lo que haga falta. A tu edad, para impresionarlas les mostraba la tarjeta de los *carabinieri*. No veían la hora de que las inspeccionase. Pero eran

* Velocista italiano, medallista olímpico. *(N. del T.)*

otros tiempos. Ahora se van todas con los malos. No te des por vencido, Mino. Por lo que he visto, vale la pena. Llega un momento en que el corazón tiene que sacudir a la cabeza y decirle: «¡Venga, que ya está bien!».

Luego se despidió y cerró la puerta.

Massimo volvió a centrar su atención en Mina, que seguía sin dar señales de vida dentro del apartamento. Se pegó al timbre, luego volvió a golpear, finalmente miró el reloj y se dio cuenta de que no le quedaba mucho tiempo, así que hizo un último esfuerzo, golpeando y tocando el timbre al mismo tiempo.

Por desgracia, siguió sin recibir respuesta, aunque le pareció que la puerta temblaba, como si alguien se hubiese movido del otro lado, apoyando el peso en ella. Tal vez fuese solo su imaginación, pero, convencido de que no se equivocaba, comenzó a hablar con la esperanza de que ella lo estuviese escuchando.

—Mina, lo siento, te juro que no quería engañarte ni hacerte daño, pero ahora tengo que ir a verla, no puedo dejar que se vaya así. Si no quieres hablar conmigo, lo entiendo. ¡Lo siento!

Massimo acarició la puerta antes de darse la vuelta y bajar las escaleras corriendo, a la vez que el llanto apagado de Mina empezaba a sacudir lentamente la madera.

Mientras conducía hacia el aeropuerto de Fiumicino, Massimo llamó a su hermana para contarle lo ocurrido y también para calmarse un poco, pues Carlotta, aun cuando a menudo era cínica y despótica, manejaba muy bien las emergencias.

—¿Alguna vez te has preguntado por qué has llegado a tu edad sin haberte casado? Y no me digas esa chorrada de que «los camareros son como sacerdotes y no pueden ser de una sola persona».

Massimo decidió responderle a su hermana con seriedad, sopesando bien las palabras.

—No lo sé, lo he pensado tantas veces que al final creo que todo se remonta a la infancia. Claro, nuestros padres no se perdieron nada, se quisieron y nos quisieron, en fin, fueron casi perfectos. Pero a lo mejor fue esa su «culpa»: no tenían defectos, entre ellos no había grietas, era una unión inmaculada, con perfume de eternidad, de santidad y todo lo demás. Y como nos criamos con ese modelo, compararme con ellos siempre me ha pesado. En fin, no me disgusta la idea de hacer la famosa promesa ante Dios, pero creo que hasta ahora me lo ha impedido el miedo al fracaso.

Carlotta se quedó en silencio unos instantes, aturdida, para luego exclamar:

—¡Joder, Mino! Tienes toda la razón. De hecho, acabo de darme cuenta de que yo también he sufrido este complejo sin saberlo. No podía aceptar que mi matrimonio no fuese perfecto como el de ellos.

—Bueno, la verdad es que de ti siempre lo he pensado.

—Ah. ¿Y por qué no me lo dijiste?

—Mmm, no lo sé. Debí de suponer que ya lo sabrías, y además son cosas íntimas, ¿quién soy yo para entrometerme?

—Los hombres sois todos iguales... Bueno, dejémoslo, no es el momento de hablar de mi matrimonio, que ya no hay nada que hacer. Estábamos hablando de ti, que aún estás a tiempo.

—Y tú también. En todo caso, me parece que se me está pasando el bloqueo. Ahora a menudo me imagino el día de mi boda, veo una iglesia preciosa, flores de colores por todas partes, los amigos más queridos, sí, prácticamente todos los clientes del bar Tiberi, la marcha nupcial, a lo mejor una cantante de ópera que entona el *Ave Maria* de Schubert mientras la novia entra en la iglesia del brazo de su padre y se dirige hacia mí con su vestido blanco y un velo larguísimo y una sonrisa dulce y cohibida. Te confieso, hermanita, que nunca he creído en el amor eterno, pero sé que un día como este debería darse solo una vez en la vida de un hombre. En resumen, cuando diga las palabras «En lo bueno y en lo malo, en la salud y en la enfermedad, hasta que la muerte nos separe», quiero estar seguro de que la mujer que venga a mi encuentro sea la única con la que me casaré en mi vida.

Carlotta suspiró profundamente.

—Ay, hermano, si realmente crees lo que acabas de decir, tienes que quererla mucho.

—Sí, así es.

El silencio se instaló unos segundos, y luego Carlotta volvió a hablar.

—Me alegra mucho que me lo cuentes, pero hay una cosa que sigue sin quedarme clara.

—¿Qué cosa?

—¿De cuál de las dos hablas?

37

Addio! Roma mia bella*

Nunca le habían gustado los aeropuertos. Demasiada gente y demasiado ruido, como el de las maletas que parecían levitar sobre el suelo con sus ruedas invisibles. Además, una vez pasados los controles, tenía una molesta sensación de no retorno y de encierro en una tierra de nadie llena de prisioneros que esperaban el encarcelamiento definitivo.

Por tanto, Geneviève prefería quedarse sentada fuera en un escalón y entrar en la terminal lo más tarde posible. Se entretenía mirando a la variada humanidad que iba y venía aprisa, con las manos en los bolsillos en busca de algo fundamental. O los padres que les gritaban a sus hijos que no se moviesen mientras intentaban cargar cinco maletas extragrandes en un solo carro.

Allí fuera oía de manera intermitente la megafonía, según se abrían y cerraban las puertas de cristal con el paso de la gente.

* «Adiós, mi bella Roma», canción de Giorgio Onorato.

Pero aquel día puede que le gustase confundirse con todas esas personas de mil colores e innumerables expresiones, enfrascadas en sus pensamientos y problemas, que borraban los de los demás, por ejemplo, el problema de Geneviève.

Si así podía definirse a Massimo, su Massimo, o el que ya no era suyo.

Estar con él en Roma la había cambiado de un modo radical; al volver a su casa, a París, se había dado cuenta de que ya no le bastaba con tener una sola silla, un solo tenedor y un vaso. Antes de conocer a Dario, Rina la florista, Carlotta y todos los clientes del bar Tiberi, Geneviève no tenía amigos ni le interesaba tenerlos, nadie iba a visitarla a casa porque nunca le había dicho a ninguna persona dónde vivía. Antes de sumergirse en el barrio del Trastevere, no buscaba compañía, ni siquiera la necesitaba.

En Roma, sin embargo, había comprendido lo precioso que puede ser comunicarse, interactuar, relacionarse con los demás.

Se había inscrito en un curso de italiano y en otro de baile latino en los que se había hecho amiga de otras personas con las que había empezado a encontrarse para ver exposiciones, ir al cine y hacer excursiones fuera de la ciudad.

Con su amor, con su Roma, Massimo la había transformado, quizá no exactamente de crisálida en mariposa, pero sin ninguna duda le había hecho comprender que la vida no era un mero trámite, sino un viaje lleno de sorpresas.

La única frontera que aún no había logrado cruzar era la que delimitaba su esfera amorosa. Envidiaba a morir a las parejas que estaban muy seguras y convencidas de sus sentimientos.

Ella seguía tratando de hallar en su interior la definición exacta de la palabra «amor».

Al fin y al cabo, ¿qué era el amor, eh? No podía responder, pues aunque creía saber qué era, lo ignoraba.

Había amado a Massimo con la convicción de que era el hombre de su vida, pero luego lo había abandonado, había decidido prescindir de él.

Lo mismo le había pasado a él, porque después se había enamorado de otra.

Entonces ¿qué era lo que había sentido por él? ¿Tenemos a nuestra disposición más de un amor de nuestra vida? A veces creemos saber qué es el amor, pero en realidad no entendemos nada.

De lo contrario, ¿por qué existen las traiciones, por qué cambiamos de opinión y por qué, cuando muere una esposa o un marido, el gran amor, el amor eterno, nos enamoramos de otra persona pasados unos años y nos volvemos a casar, seguros de que ese también será el amor de nuestra vida?

¿Era el primero el error? ¿O es el segundo?

Ella no sentía que su amor hubiese sido una equivocación. ¿Cómo iba a serlo el amor?

Recordó un episodio del orfanato. Su hermana estaba enferma y ella había robado una mandarina de la cafetería para llevársela a su habitación, lo cual no estaba permitido. Se había escabullido contenta, segura de que no la habían visto, pero la sonrisa se le había borrado cuando al enfilar el largo pasillo se tropezó con la madre superiora y la mandarina se le cayó del bolsillo del uniforme.

Le impusieron un castigo ejemplar: una semana sin recreo; los pasaría sentada en una silla mientras los demás jugaban en el jardín. Cuando se lo contó a Mel, su hermana la abrazó con fuerza y le susurró al oído:

—Tranquila, Geneviève, si después de hacer lo que sea sonríes feliz, no puede ser nada malo.

El recuerdo le arrancó una lágrima: solo Dios sabía cuánto había querido a su hermana y cuánto la seguía queriendo y cuánto la había echado de menos y cuánto la seguía echando de menos.

«Sin ti, no voy a ninguna parte.»

Geneviève se levantó, cogió su maleta y se dirigió al control para regresar a París, regresar a casa, regresar con Mel.

Massimo corría más que nunca en su vida, esperando que no fuese demasiado tarde. Cruzó la calle arriesgándose a acabar bajo las ruedas de un taxi, pero no le importó, no frenó.

La puerta automática se abrió justo a tiempo, y quienes lo vieron entrar en la terminal a toda velocidad, como un corredor de relevos en los últimos cien metros de la final mundial, pensaron que presenciaban en directo el rodaje del nuevo y brillante anuncio de alguna marca deportiva cuyo lema sería: «¿Por qué coger el avión cuando puedes ir corriendo?»

Massimo llegó a los controles, el último sitio en el que tenía permitido entrar.

La buscó con la mirada entre los innumerables pasajeros que hacían colas ordenadas, repartidos por el laberinto de estrechos senderos creados por las cintas.

Nada, no estaba, había llegado tarde. Sin aliento, con las manos en las caderas y desconsolado como quien ha quedado segundo por un pelín, Massimo levantó los ojos hacia el cielo preguntándose dónde diablos se metía su mejor amigo cuando lo necesitaba.

Luego, mirando a su alrededor, pensó que quizá se había tomado unas vacaciones, por mucho que le aterrorizaran los aviones y no hubiese tomado ninguno en su vida, y disfrutaba de sus nuevas alas revoloteando por las playas del mundo.

Sonrió, imaginándolo de pie a orillas del mar, al lado de un ángel polinesio, con una cara de desconcierto que expresaba sus pensamientos como acostumbraba a hacerlo él, sin pelos en la lengua: «¡Bueno, lo que se dice hermoso, es hermoso... Pero ¡Ostia es Ostia!».

Massimo le envió mentalmente un: «¡Tus muertos!» en señal de amistad, luego escudriñó de nuevo las filas de gente que tenía enfrente y finalmente... la vio.

Hermosa como era siempre, como siempre lo había sido y como siempre lo sería.

Parecía serena, casi sonriente, y por un momento Massimo pensó en dejarla ir sin decirle nada.

Fue entonces cuando sus miradas se cruzaron y no parecieron sorprendidos de verse.

En el fondo de su corazón, ambos sabían que no podían despedirse así, sin mirarse a los ojos, sin sonreírse por última vez.

Pero ya estaban demasiado lejos, era demasiado tarde para volver, en todos los sentidos.

Geneviève se llevó la mano a la boca y se dio un beso para mandárselo por encima de las cabezas de quienes los separaban.

A Massimo no le bastó, no había llegado corriendo por un beso volador, quería explicar el porqué.

Pensó que si fuese el protagonista de una película haría algo impresionante y que, a la postre, su vida contaba más que cualquier película, así que subió a uno de los asientos que delimitaban la zona y empezó a hablarle en voz alta delante de todo el mundo.

—Es verdad: yo te quise, tal vez nadie te querrá tanto como te quise yo, aunque te deseo esto y que te amen aún más. Tú decidiste por los dos y yo acepté tu decisión. Tú no podías irte de París, yo no podía irme de Roma, eso fue lo que pasó, lo que tenía que pasar. Después se me apagó el corazón y pensé que nadie volvería a encendérmelo, quería que así fuera, pero al amor no le importa lo que queremos. Llegó ella, de la nada, como tú... Tomó mi corazón en sus manos y lo volvió a encender. Fui feliz contigo, con ella lo soy y lo seré siempre. ¿Cómo puedo estar tan seguro? ¡Porque por ella renunciaría a Roma!

Massimo puso una cara sonriente, como si dijera: «¿Qué se le va a hacer?», y acompañó la sonrisa abriendo los brazos, lanzándole una última mirada a Geneviève, que a su vez le sonrió imitando su gesto con los brazos... ¿Qué se le va a hacer?

Luego ella se volvió, puso la maleta sobre la cinta transportadora y pasó por el detector de metales, ya sin mirar atrás.

Entonces fue cuando Massimo se dio cuenta de la nutrida audiencia, que no había desaprovechado la oportunidad de documentar la escena con el teléfono móvil.

«¿Qué se hará con todos estos vídeos? —pensó Massimo—. La gente ya no vive: ¡filma y listo!»

38

Roma romántica*

Cuando sonó el despertador a la hora de siempre, Massimo lo apagó y se sentó en la cama frotándose la cara con una mano.

Se levantó, desenchufó la luz nocturna y luego se tambaleó hacia el baño con cuidado de no llevarse nada por delante, buscando a tientas el segundo despertador sobre la cómoda, como de costumbre.

Cara, dientes, barba, peine, pelo, perfume, uniforme de camarero, zapatos, llaves, puerta, escaleras, alba, plaza, bar.

Una vez había leído una frase en una pared que decía: «Sin ti, todos los días son lunes».

Massimo pensó: «Y cuando es realmente lunes y estoy sin ti, ¿qué mal día será?».

El día anterior, al salir del aeropuerto, había dado una larga vuelta solo y había regresado a última hora de la tarde.

Le había mandado un mensaje a su hermana para decirle que todo estaba en orden.

* «Roma romántica», canción de Giorgio Onorato.

También tenía ganas de llamar a Mina, escribirle miles de mensajes para decirle que la quería, que era la única con quien quería estar, con quien quería hacer el amor.

No quería decirle que la amaría para siempre, pues sabía que lo importante en el amor no era la eternidad, porque la eternidad no termina y tampoco comienza; lo importante era mantener la intensidad del sentimiento, ese era el secreto.

Amarla todos los días como el primero. No el día que la besaste o le hiciste el amor, no, el primer día en que te enamoraste de ella.

El día en que te diste cuenta de que hasta entonces no habías entendido nada.

Aun así, no la había llamado ni le había escrito, porque ese día no quería perder a nadie más. Quería despejarse la mente, reconectar consigo mismo, limpiarse. Además, su teléfono se había descargado, como para evitarle la tentación.

Pues bien, lo cierto era que ese día, el lunes de lunes, Massimo entró en el bar, bajó de nuevo la persiana, encendió las luces y empezó a hacer lo mismo que había hecho miles de veces. Mirar la foto de su padre para decirle: «Buen trabajo, papá. Hiciste un muy buen trabajo. Soy tu obra maestra».

Una mirada a la foto de Dario para decirle: «Lo que me gustaría saber es qué estás haciendo. ¿Dónde estás, en vez de venir aquí a echarme una mano?».

Y, por último, una mirada a la foto que había pegado Carlotta detrás de la caja, porque esos eran los momentos en los que lo visitaba la gente importante, viva o muerta, íntima o distante. Se la habían hecho juntos con el disparador automático y era uno de sus recuerdos más hermosos, solos los dos, hermano y hermana. ¿Qué no había hecho Massimo por conseguir entradas para el preestreno de la adaptación cinematográfica de *Crepúsculo*, una de las novelas favoritas de Carlotta?

Diez minutos de película y luego un encuentro cara a cara con los actores, reunidos especialmente en Roma para la ocasión.

Massimo recordaba como si fuera ayer la expresión incrédula de su hermana, su sonrisa extática al ver que a veces la realidad podía superar la ficción y que los vampiros podían salir incluso de día, aunque dentro de un cine no brillaran.

Una vez en la sala, Carlotta corrió de un lado a otro buscando cuál era el mejor sitio para ver a Bella y Edward, mientras que Massimo se sentó a disfrutar del espectáculo, porque para él el espectáculo era la felicidad de su hermana.

Al final señaló un rincón al lado de la pantalla y dijo:

—Ponte allí, será el mejor sitio cuando los actores suban al escenario.

¡Y así fue! Con los ojos, Massimo le hizo una fotografía que guardaba celosamente en su memoria y en su corazón.

Carlotta estaba de perfil con la barbilla apoyada en el brazo, apoyado a su vez en el murito que tenía delante de la butaca. La sonrisa más hermosa que Massimo había visto nunca.

De vuelta en el presente, Massimo oyó que golpeaban la persiana, miró el reloj y pensó que Franco, el pastelero, debía de haberse adelantado con las entregas.

Salió de detrás de la barra y empezó a levantar la persiana. Al llegar a la mitad, en lugar de ver al pastelero, tuvo la gran sorpresa de encontrarse ante Antonio, el fontanero.

—Antò, ¿qué haces aquí a estas horas?

Antonio, el fontanero, entró en el local.

—A decir verdad, yo siempre he venido a esta hora.

Massimo se rascó la cabeza, pensativo.

—Quiero decir, ¿qué haces en Roma? ¿No deberías estar en Cerveteri?

—Pues adivina. Es culpa tuya. Mi sobrina me obligó a venir desde Cerveteri porque quiere que le consiga un autógrafo. Así que pensé en empezar temprano antes de que la gente haga cola fuera. Y lo cierto es que ya somos dos, porque ahí en la calle, esperando a que abrieras, estaba también una muchacha preciosa.

Massimo, cada vez más confundido, estaba a punto de volver a bajar la persiana.

—¿Un autógrafo? Pero ¿qué dices? ¿Por qué quiere mi autógrafo tu sobrina?

—Porque te has vuelto famoso.

Mina se dejó ver al entrar en el bar.

—Menudo espectáculo diste ayer. Tu vídeo tuvo no sé cuántos millones de visitas. Incluso lo mostraron en los noticiarios japoneses con subtítulos. Y en Italia lo comentaron todos los telediarios.

Massimo estaba completamente perdido, no entendía nada. Siguió mirando primero a Mina y luego a Antonio, el fontanero, preguntándose si no estaría soñando.

—¿De qué estáis hablando?

Mina sacó el móvil y puso el vídeo. Massimo apareció en camiseta sin mangas y pantalones cortos, de pie sobre una silla en la terminal del aeropuerto. Antonio, el fontanero, miró el vídeo con ellos, observó de reojo primero a Mina y luego a Massimo e, intuyendo de qué iba la cosa, hizo ademán de salir.

—Bueno, os dejo solos, esperaré fuera y vigilaré que no venga nadie a tocar las pelotas. Ah, Mino, quién hubiera dicho que estabas tan en forma. Con esas piernas finitas que tienes te hacía más flacucho.

Antonio bajó la persiana detrás de sí, dejando a Mina y a Massimo solos dentro del bar.

Mina, echándole los brazos al cuello, empezó a hablar de inmediato, pues ya habían perdido demasiado tiempo.

—¿En serio piensas eso que dijiste?

Massimo la ciñó por la cintura y la atrajo hacia a él.

—Cada palabra.

Mina le dio un ligero beso en la boca.

—¿Sabes? Dicen que en el amor siempre debemos seguir lo que dice nuestro corazón, pero yo creo que en realidad casi siempre seguimos a otro corazón y nos fiamos de él, como de una lucecita nocturna, convencidos de que, desde ese momento, nada ni nadie, ni siquiera la oscuridad, podrá sorprendernos ni hacernos daño... Y yo he decidido fiarme de ti, Massimo, conque ahora me tendrás que cuidar, porque aunque sea breve, quiero pasar el resto de mi vida contigo...

Massimo le sonrió.

—No pido nada más. Te siento realmente en las cosas más

bonitas, en los versos de los poemas, en las frases románticas o en las canciones de amor. Estás en ellas, porque cuando te miro no hay nada, pero nada más encantador que tu belleza. Me encanta mirarte, amarte con todo mi corazón, para demostrarte lo especial que eres para mí y la alegría que le das a mi vida. Me encantan tus abrazos, tus mimos, cómo me hablas, me encanta cuando entrecierras los ojos de placer al hacer el amor, me encantan tus besos hambrientos antes y los dulces y tiernos después, me encantan tus celos insensatos, pero, sobre todo, me encanta que me inspires todo esto y que hagas de mí el hombre perfecto. Porque no basta un café para encontrar a la persona indicada. Hacen falta dos: el primer café de la mañana y el último de la tarde.

Ella solo podía responderle con otro beso. Un beso largo y hondo, de los que convierten a dos personas en una sola. Luego Mina se apartó y miró a Massimo con una expresión pícara.

—¿Y si hoy no abrieras el bar?

—¿Estás de broma? El bar no cerró ni siquiera cuando nací. Aparte de los funerales, las fiestas y los domingos, el bar Tiberi nunca ha tenido un motivo válido para cerrar entre semana.

—Pero yo tendría un motivo válido.

—¿Y cuál es?

Mina le dio un beso en la mejilla, luego se la pellizcó.

—Tenemos que ir a elegir muebles para tu casa. ¿No habrás pensado en serio que te dejaría renunciar a Roma?

Massimo se echó a reír y se alejó de ella camino de la caja registradora.

—¿Adónde vas?

—A buscar un rotulador y una hoja de papel para pegarla en la persiana. No quiero que nuestros clientes crean que he muerto.

—¿Y qué vas a poner en el cartel?

Massimo cogió el rotulador y escribió algo en una hoja en blanco, luego le dio la vuelta y se lo mostró a Mina.

CERRADO POR AMOR

Epílogo

Los días pasaron aprisa, se convirtieron en meses y años, pero a Massimo no le importaba, porque tenía la sensación de que la historia con Mina cobraba fuerza con el paso del tiempo, como un árbol que hunde sus raíces cada vez más profundamente en la tierra, sin temer la sequía, ni el viento ni la escarcha. Por esa razón le parecían dulces las celebraciones, y no le bastaban las más canónicas, sino que siempre se inventaba otras nuevas. No solo festejaba los aniversarios, sino que llevaba un registro preciso de las horas que habían pasado juntos, como si no quisiera perderse nada y, sobre todo, dar nada por descontado. Y no se avergonzaba de expresarle su amor a su amada; al contrario, lo hacía con orgullo, porque, si el amor nos muestra el camino, no podemos hacer otra cosa que seguirlo.

Después de mil días de ti y de mí...
Pasan los días, pero el amor que siento por ti no pasa nunca y me gustaría poder ponerlo en un libro para leer unas cuantas páginas cada día y hacerlo durar eternamente.

La verdad es que hemos hecho tantas cosas hermosas juntos que una novela de amor entera no bastaría para contarlas todas.

¿Sabes qué ocurre? Que lo que siento por ti, en lugar de disminuir, aumenta a cada momento, porque ahora conozco todas tus virtudes y defectos, pero precisamente tus defectos me han hecho darme cuenta de que eres especial y de que quien quiera amarte tiene que amarte tal como eres y considerarse afortunado de poder hacerlo.

El instante en que te conocí fue el más mágico de mi vida, y te has convertido en la porción positiva de cada uno de mis días negativos, en el sueño más real que he tenido y, hasta la fecha, en lo mejor que me ha pasado. Si tuviera que retroceder en el tiempo, nuestra historia sería, sin dudarlo, lo primero que quisiera revivir.

Sabes bien que creo en el destino; estoy seguro de que siempre te he amado, en varias vidas, porque no se olvida a quien te toca el corazón y sé que me lo has tocado una y otra vez y que nunca nos distanciamos de lo que llevamos dentro, y tú estás dentro de mí quién sabe desde hace cuánto, mi amor.

No puedo vivir sin ti, soy la polilla y tú eres una lámpara en la noche, el punto de luz que me guía en la oscuridad. La única persona capaz de cambiar mi destino.

A menudo me pregunto: ¿y si llevase siglos buscándote? No lo sé, tal vez fui Tristán, o Lancelot, o Romeo o, por qué no, un Jack Dawson... ¿Y ahora? Solo un hombre perdidamente enamorado de una mujer.

Nunca seré un sustituto, o el que cayó después de otro por

despecho, siempre seré el que se suponía que debía llegar primero, aquel al que estabas destinada de nacimiento.

Por eso, si me preguntas: «¿Tanto hace que me esperas?», solo puedo responderte: «¡Toda la vida!».

Porque soy tuyo y no tiene sentido fingir otra cosa.

Amar no es una obligación, ni una condición, ni un derecho ni un deber, amar es una elección y yo te elegí, te elegí la primera vez que te vi, te elegí y te elegiré todos los días de mi vida. Hay elecciones que te cambian la vida y elegirte ha cambiado la mía para siempre.

No se le puede decir que no al amor. Y el amor soy yo, el amor eres tú, el amor no existiría si no existiéramos, y si tú no estuvieras en mi vida, no me faltaría el amor, me faltarías tú. Tú, que eres la singularidad de algo que solo ocurre una vez.

Por eso, el día que me olvide de ti, el amor dejará de existir sobre la faz de la Tierra.

No sabes hasta qué punto me has hecho mejor; no, no lo sabes. Primero me salvaste, yo nadaba bajo el agua lejos de la superficie y entonces llegaste tú, y con un simple beso me diste el oxígeno que necesitaba. Luego me has hecho crecer, me has enseñado, me has mostrado el camino.

Nadie me ha cuidado nunca como tú, quizá nadie me ha amado como tú, porque el valor de un amor radica en demostrarlo.

Me hiciste darme cuenta de que la felicidad no es algo abstracto, sino algo que puedes estrechar en tus brazos y besar cada vez que tengas ganas de hacerlo. En definitiva, te adoro. Simplemente, no hago otra cosa.

Sé que no soy un hombre fácil, pero te amo con todo mi ser.

Eres la única a la que quiero tener a mi lado desde siempre y para siempre, en cada vida que he vivido, en cada vida que he de vivir.

Massimo

Agradecimientos

Doy las gracias a todas las personas que me aman, me quieren, me estiman, me apoyan y están siempre a mi lado, con independencia de si los menciono o no en los agradecimientos de una novela mía.

«Para viajar lejos no hay mejor nave que un libro».

Emily Dickinson

Gracias por tu lectura de este libro.

En **penguinlibros.club** encontrarás las mejores
recomendaciones de lectura.

Únete a nuestra comunidad y viaja con nosotros.

penguinlibros.club

 penguinlibros